LORENZIST

ISBN: 979-12-5957-159-5

In collaborazione con Book on a Tree
Testi con Giuseppe D'Anna
Illustrazioni di Danilo Loizedda

In collaborazione con in-Sane!
Coordinamento di Alberto Martinelli

Copertina: Andrea Balconi
Progetto grafico: Corpo4 Team
Impaginazione: Simona Gilberti

Per essere informato sulle novità
del Gruppo editoriale Mauri Spagnol visita:
www.illibraio.it

www.magazzinisalani.it

LORENZIST

I Sei Regni della Magia

ROMANZO

MAGAZZINI SALANI

Carissimi pinguini,

Questa lettera la scrivo per dirvi che siete i pinguini più coraggiosi che io conosca.
Siete una forza della natura capace di superare qualsiasi ostacolo le si ponga davanti e questo libro ne è la prova.
La vostra determinazione renderà questo viaggio ancora più lungo e sempre più meraviglioso.
Spero che questa avventura nei sei regni magici possa divertirvi e al tempo stesso rendervi ancor più inarrestabili.
Vi voglio un NOOT di bene!!

Pingu e LorenzIST

Prologo

Un fulmine squarciò il cielo nero mentre due figure emergevano dalle ombre in cima alla torre diroccata.

«Lo hai portato?» chiese la donna.

Gli occhi violetti scintillarono come ametiste sul viso pallido.

«La domanda mi offende, Lady Morrygan» rispose l'altro.

La voce era maschile, ma il volto dell'uomo rimase nascosto sotto il cappuccio del suo mantello.

«Io onoro sempre la parola data» continuò. Tese una mano e schiuse lentamente il pugno davanti a sé, rivelando una pietra scura quanto la notte stessa.

Lady Morrygan sgranò gli occhi.

«Il cristallo corvino» sussurrò con avidità. «Credevo fosse andato perduto...»

«Oh, lo era» confermò la voce sotto al cappuccio, in tono compiaciuto. «Ma un patto è un patto. Ora tocca a voi».

La donna annuì. Dopodiché sfiorò la pietra con l'indice, pronunciando poche parole senza suono.

A quel punto un riflesso bluastro percorse il cristallo, che lentamente abbandonò la mano guantata dell'uomo misterioso e fluttuò verso il centro della torre. Non appena si posò sul pavimento, un intricato disegno mistico brillò sui lastroni di pietra, pulsando come braci ardenti.

«Bene» disse l'incappucciato. «Adesso avete tutto ciò che vi occorre per portare a termine la vostra vendetta».

La risata malvagia di Lady Morrygan esplose assieme al rombo del tuono, mentre lampi di pura oscurità saettavano dal cristallo corvino, dritti nel cuore della tempesta.

CAPITOLO 1

SQUILLI DI TROMBA

Le trombe del castello suonarono all'impazzata.

«E adesso che succede?» esclamò Pingu, sollevando di scatto la testa.

Ormai sapeva riconoscere uno squillo d'allarme.

Schizzò fuori dalle sue stanze e imboccò uno dei mille corridoi di pietra. Avanzò veloce fra arazzi e candelabri, quindi svoltò per le scale e risalì i gradini a due a due finché non fu all'esterno.

Per un attimo il sole del mattino gli fece socchiudere gli occhi, ma dopo qualche istante riuscì a inquadrare il drappello di cavalieri che si avvicinava alle mura.

«Sir Fieralancia» salutò Pingu, riconoscendo il capo delle guardie reali. «Già di ritorno dalla missione?»

Il cavaliere sollevò il suo sguardo d'acciaio.

«Sabbia!» sbottò, scuotendo furioso i baffoni scuri. Dietro di lui, le guardie a cavallo si spazzolavano via i granelli dalle spalle e dagli elmi. «Una tempesta di sabbia nel bel mezzo del villaggio! E possa la mia spada spezzarsi, se so da dove mai è arrivata!»

Le trombe squillarono ancora mentre le catene del ponte levatoio cominciavano a sferragliare per calare la passerella. Nel frattempo Pingu alzò una mano per ripararsi dalla luce e scrutò l'orizzonte.

Eccolo lì!

Un turbine giallognolo avvolgeva le casette del villaggio, nascondendole quasi del tutto. Sembrava si stesse allargando verso la foresta...

«Ho sabbia dappertutto» si lamentò con voce stridula uno dei cavalieri più giovani, sputacchiando. «Ci dev'essere un deserto, qui vicino».

«Fandonie!» lo riprese una voce più matura. «Perlustro questo regno da quando tu eri un poppante e posso garantirti che non c'è alcun deserto. Secondo me...»

Ma Pingu non riuscì a sentire la teoria del secondo cavaliere, perché un grido familiare lo fece prima voltare e poi correre verso l'altro capo del castello.

«Oggi non è proprio giornata!» esclamò il ragazzino, percorrendo a ritroso la scala e il corridoio, deviando poi in direzione del cortile degli allenamenti.

Era certo che l'urlo provenisse da lì.

E aveva anche una mezza idea su chi...

«Tonno! Asta!» chiamò, raggiungendo la balconata che si affacciava sullo spiazzo.

Ma entrambi i suoi amici erano troppo impegnati per dargli retta.

Il primo, grosso e luccicante nella sua armatura da cavaliere, stava mulinando la spada sopra la testa, menando fendenti a caso per tenere a bada le grosse liane bitorzolute che strisciavano nella sua direzione. Il secondo, da buon buffone, si stava esibendo in una serie di salti e capriole per evitare di essere acciuffato da quei tentacoli verdi ricoperti di spine.

Pingu spalancò gli occhi dalla sorpresa.

Di solito il cortile degli allenamenti era pieno di fantocci di legno con cui duellare, o di bersagli di paglia da centrare con arco e frecce... Da dove spuntavano, invece, quelle enormi piante rampicanti?

«Pingu!» esclamò Asta, accorgendosi finalmente di lui. «Che ne dici di venir giù a darci una mano?»

Il ragazzino non se lo fece ripetere due volte. Sfoderò il fidato bastone da combattimento e lo usò per darsi lo slancio e raggiungere i suoi amici con un balzo.

«Sono apparse dal nulla» gli disse subito Tonno, tranciando di netto una liana troppo vicina al suo gomito. «E crescono a vista d'occhio!»

Pingu si rese conto che l'amico aveva ragione: i rami fuoriuscivano dal terreno come grosse serpi, impazienti di stringersi attorno a qualcosa o di afferrare qualcuno. E avevano già raggiunto le mura. Risalivano le pietre squadrate, intrufolandosi in ogni fessura...

«Dobbiamo filarcela da qui» decise il ragazzino, colpendo col bastone ogni liana che gli capitava a tiro. «Dove sono gli altri?»

«Deku è nell'osservatorio» rispose Asta mentre eseguiva un salto avvitato per scansare l'ennesimo tentacolo verde. «Franpesca non so».

Tonno sollevò lo scudo. «Ora o mai più!» gridò, mozzando altri due rami.

Pingu ruotò su se stesso, allungando il bastone

magico per far ritrarre le liane, poi sfrecciò verso le scale. Tonno e Asta gli andarono dietro.

«Comunque ce la stavamo cavando benone anche da soli» ci tenne a precisare il buffone.

«Ma se hai strillato dalla paura!» esclamò il cavaliere.

«Quello era un urlo di battaglia».

«Come no...»

«Finitela!» li rimbeccò Pingu, e si girò a controllare che quella pianta tanto agguerrita non li stesse inseguendo.

Per sicurezza, accelerò il passo.

L'osservatorio era una piccola stanza tonda con quattro finestre, una per ogni punto cardinale, e con le pareti tappezzate di appunti fittissimi, coordinate scarabocchiate di fretta e carte astronomiche.

Lì, come previsto, i tre amici trovarono Deku, chino su un grande cannocchiale d'ottone. Assieme a lui c'era anche Franpesca, le braccia conserte e l'espressione stizzita, in attesa del suo turno per sbirciare il cielo.

«Alla buon'ora!» li accolse la principessa, ravvivandosi i lunghi capelli multicolore. «Dove vi eravate cacciati? Se non ve ne foste accorti, sta succedendo qualcosa di molto, molto strano».

Asta si appoggiò a uno sgabello, esausto. «Ce ne siamo accorti eccome» boccheggiò.

«Una specie di pianta avvolgente è germogliata nel cortile» spiegò Tonno.

«E la guardia reale si è imbattuta in un'inspiegabile tempesta di sabbia» aggiunse Pingu.

Deku sbuffò. «Mi sa tanto che non è l'unica cosa inspiegabile, qua attorno».

Il ragazzino alzò finalmente gli occhi dal cannocchiale e fece cenno a Pingu di avvicinarsi.

«Ehi! Toccava a me!» si lamentò Franpesca.

«Guarda anche tu» disse Deku all'amico, facendosi da parte con un fruscio della tunica da apprendista mago.

Pingu si chinò sul cannocchiale e attraverso le spesse lenti dell'oggetto vide l'immagine un po' deformata di un paesaggio tutto rocce e alberi selvaggi. C'era anche un fiumiciattolo...

«Bello» disse. «Ma non capisco cosa...»

Mentre parlava, Deku gli spostò il cannocchiale più in basso e lui si ritrovò a fissare un cielo azzurro macchiato da nubi bianche.

«Ma cos...!?»

«Prova così» disse l'amico. Schioccò le dita e la gemma magica sul suo guanto lampeggiò, facendo ruotare un paio di manopole per regolare le lenti.

Pingu guardò ancora.

Ora si vedeva chiaramente che il paesaggio di roccia era sospeso nel vuoto. Una vera e propria montagna galleggiante, con tanto di alberi e cespugli... l'acqua del fiume scorreva fra le rocce e poi scivolava giù, perdendosi nel cielo.

«Fino a ieri non c'era» intervenne Tonno, sporgendosi a guardare dalla finestra a ovest. «L'avremmo notata, una montagna volante... giusto?»

Il guerriero si voltò verso Deku e anche gli altri fecero lo stesso.

«Che c'è?» fece lui.

«Be', sei tu l'apprendista mago!» disse Asta. «Di solito, a questo punto, tiri fuori dalla manica una spiegazione magica che chiarisce come stanno le cose».

Tonno e Pingu annuirono, ma Deku scosse la testa.

«Spiacente» rispose con una scrollata di spalle. «Ne so quanto voi!»

Le trombe squillarono ancora, avvertendo il castello di chissà quale nuova stranezza.

«Basta così!» esclamò Franpesca, sistemandosi l'ingombrante gonna rosa e spalancando la porta dell'osservatorio. «Se il regno è in pericolo, dobbiamo avvisare il re. Lui deciderà cosa fare».

Seguì un mormorio d'assenso e i cinque amici discesero di corsa la torre dell'osservatorio. Poi via, lungo il corridoio principale, costellato da armature in posa e ritratti di vecchi sovrani.

In breve giunsero di fronte alle imponenti porte della sala del trono e...

Accadde in un battito di ciglia.

L'attimo prima le porte si mostravano come sempre, di legno antico e solido ferro. L'attimo dopo erano come di cristallo, bianche e scintillanti, ricoperte di brina.

«Ma cos...?»

Pingu allungò una mano, ma Deku lo afferrò per il colletto e lo tirò via giusto in tempo. Un altro battito di ciglia e l'aria si cristallizzò in enormi spuntoni di ghiaccio, lucidi e affilati come spade.

«Cavolo!» imprecò Pingu.

Una nuvoletta di vapore gli sfuggì dalle labbra e un brivido gli percorse la schiena.

Ora nel corridoio faceva freddissimo!

Asta si avvicinò piano, per paura di scivolare sul ghiaccio che ricopriva il pavimento, e toccò uno spuntone col dito, giusto per assicurarsi che fosse vero.

«Ahia!»

Sì, era vero. E pungeva!

«E ora?» chiese il buffone.

I cinque amici fissarono in silenzio le porte della

sala del trono, ormai completamente bloccate dal gelo. Dopodiché si scambiarono un'occhiata.

Se non potevano raggiungere il re, restava solo un'altra persona a cui rivolgersi...

«Troviamo il mago di corte» disse Pingu.

CAPITOLO 2

L'ALTRA STANZA SEGRETA

La biblioteca era deserta.

I vecchi tomi di magia, impolverati e ingialliti, erano al loro solito posto, come anche il calderone nell'angolo e la bizzarra collezione di ampolle sulle mensole. Un paio di ragni zampettavano tra gli scaffali e sui rotoli di pergamena abbandonati sopra la scrivania.

Del mago di corte, però, nessuna traccia.

«Pessimo tempismo per prendersi una vacanza» commentò Pingu, osservando la stanza vuota.

Asta si spostò dietro la scrivania e andò a picchiettare col pugno sulla parete. «Dite che è giù, nella sua stanza segreta?»

Deku schioccò le dita e il muro di pietra cominciò a dissolversi con uno scintillio, rivelando la porta nascosta.

«Scopriamolo» disse l'apprendista mago.

Tonno si mosse a disagio da un piede all'altro. «Il vecchio non si arrabbierà, se andiamo di sotto senza il suo permesso?»

«Che si arrabbi pure!» rispose Franpesca. «Sono una principessa, io. Vado dove mi pare. E quando mi pare!»

La ragazzina si tirò su la gonna e oltrepassò decisa la porta. Gli altri la seguirono, scendendo fino alla piccola stanza senza finestre, illuminata solo dalle torce di fuoco incantato.

Erano già stati lì, tutti loro, quando il mago di corte aveva deciso di donargli nuove e potenti armi magiche: il mantello e i guanti mistici di Deku, lo scudo impenetrabile di Tonno, le sfere da giocoliere torna-indietro di Asta, le frecce infallibili di Franpesca e il portentoso bastone da combattimento di Pingu.

Sembrava passato così tanto tempo, pensò il ragazzino, eppure era successo solo pochi mesi prima...

«Niente!» sbuffò Franpesca.

Proprio come l'ultima volta, non c'era altro che un forziere d'argento, posto al centro della stanza.

Il mago di corte non era neppure lì.

«Ma dove è andato a finire?» continuò la principessa. «È impossibile che non abbia sentito le trombe. Deve sapere che il castello è in allarme!»

Pingu si guardò attorno e quattro pareti di nuda roccia gli restituirono lo sguardo.

Allora si rivolse a Deku. «Tu che ne pensi?»

L'apprendista mago sollevò la mano destra, mostrando il debole bagliore che animava la gemma incastonata sul guanto. «È qui da qualche parte. La mia magia percepisce la sua».

«Forse è invisibile» se ne uscì Asta, ruotando la testa riccioluta a destra e a sinistra.

«O forse...» Franpesca si accostò al baule d'argento, si piegò leggermente sulle ginocchia e tentò di aprirlo. «Tonno, non stare lì impalato. Aiutami!» mugugnò poi.

Il cavaliere spinse di lato Asta per correre in soccorso della sua principessa, ma fu inutile. Il baule non voleva saperne di aprirsi.

I guanti mistici di Deku, però, ora scintillavano più forte.

«Forza, ragazzi» disse l'apprendista mago. «Insieme!»

I cinque amici si strinsero di fronte al baule e ne afferrarono il coperchio, poi fecero forza e...

Finalmente, con un lungo cigolio, il baule d'argento si aprì.

«Wow!»

«Cavolo!»

«Magico!»

Pingu e gli altri si ritrovarono a fissare una seconda, strettissima scala a chiocciola che scendeva nell'oscurità come un cavatappi e si perdeva all'interno del baule.

«Ehm... Dite che è una buona idea, scendere lì sotto?» chiese Asta.

Per tutta risposta, la gemma sul guanto di Deku sparò un fascio di luce dritto verso la scala misteriosa.

«E va bene!» si lamentò il buffone, mentre già Pingu si infilava dentro il baule, seguito a ruota da Franpesca.

Anche Tonno e Deku andarono giù, e per ultimo Asta, ancora decisamente poco convinto.

La scala era talmente stretta che i cinque dovettero proseguire in fila indiana. L'unica luce nel buio polveroso, adesso, era il bagliore delle gemme magiche di Deku, sufficiente a vedere giusto i prossimi quattro scalini.

I ragazzini scesero e scesero ancora, accompagnati dall'eco dei propri passi, finché non udirono una voce rimbombare nell'ombra.

«... Sire, i cinque ragazzini sono la nostra unica speranza».

Pingu rallentò appena, indeciso se andare avanti o fermarsi a origliare.

«... ma dobbiamo essere cauti. Non possiamo permettere che sappiano più del dovuto».

D'un tratto le tenebre lasciarono il posto a una luce smeraldina e il ragazzino riuscì a scorgere la figura del mago di corte: era in piedi, di spalle, una mano tesa in avanti e l'altra a impugnare il fedele bastone con in cima il suo cristallo magico.

Di fronte a lui crepitava una sfera di fuoco verde. Tra il guizzare delle fiamme incantate, s'intravedeva un viso con una corona posata sul capo.

«Se dovessero scoprire la verità sul loro passato...» stava continuando il vecchio mago.

«OPS!»

Pingu non fece in tempo a voltarsi che si ritrovò steso per terra, travolto dagli altri quattro.

«Scusate» mormorò Asta. «Sono inciampato...»

La luce mutò di colpo dal verde al bianco, e quando Pingu sollevò di nuovo gli occhi sul mago di corte quello ricambiò il suo sguardo.

La sfera di fuoco era sparita. Al suo posto, ora, c'era solo un braciere spento e quattro semplici torce che bruciavano agli angoli della stanza.

«Benvenuti, miei giovani amici» salutò il vecchio, chinando appena la testa e lisciandosi la lunga barba candida. «Anche se non rammento di avervi invitato qui».

«È un'emergenza» disse subito Franpesca.

«La sabbia...» cominciò Pingu.

«Quelle maledette piante...» attaccò Asta.

«Una montagna volante...» si accavallò Deku.

«E il ghiaccio!» aggiunse Tonno.

Il mago di corte sollevò una mano rugosa per zittirli.

«So già tutto» rispose in tono grave. «Ne stavo giusto parlando con sua maestà il re». Fece un cenno verso il braciere alle sue spalle. «È rimasto intrappolato all'interno della sala del trono ma, fortunatamente, è illeso».

Pingu fece un passo avanti.

«Quindi sapete anche la ragione di tutte queste stranezze» disse. «Cosa c'è sotto? Una maledizione? Un nuovo nemico? Qualche incantesimo finito male?»

Il vecchio mago sospirò e chiuse gli occhi per

un istante, mostrando tutte le sue rughe, profonde come le linee sulla corteccia di un albero secolare.

«Come spesso accade» disse alla fine, riaprendo gli occhi dorati, «ho più ipotesi che certezze. Ma se dette ipotesi si rivelassero esatte, voi cinque sareste i soli in grado di salvare l'intero reame dalla rovina».

I ragazzini si scambiarono un veloce sguardo d'intesa. Sulla faccia di Asta si intuiva già la paura, mentre Tonno appariva, come al solito, il più serio e preoccupato. Franpesca e Deku, invece, fremevano dall'eccitazione.

Pingu annuì al mago di corte.

«Se c'è da aiutare il regno...» cominciò.

Il vecchio alzò un dito affusolato. «No, giovane eroe. Non il regno» specificò. «*Il reame*».

Senza aggiungere altro, voltò le spalle all'espressione perplessa del ragazzino, sparendo nella penombra che ancora avvolgeva il limitare della stanza. Quando ne riemerse, reggeva uno scrigno d'oro.

Lo lasciò fluttuare davanti a sé, come appoggiato su un piano invisibile, dopodiché vi agitò sopra il bastone finché il suo cristallo magico non brillò di luce azzurrina. A quel punto le sette serrature che chiudevano lo scrigno si aprirono una dopo l'altra.

«Principessa» disse il mago, «a voi l'onore».

Franpesca si avvicinò allo scrigno e ne tirò fuori una seconda scatolina, stavolta di legno scuro, tanto piccola da stare comodamente sul palmo della sua mano.

«Un portagioie» si lasciò sfuggire la ragazzina.

«Le apparenze, così come la magia, si divertono a ingannare» sorrise il mago di corte.

La scatolina si aprì.

Poi si aprì ancora.

E ancora.

I cinque amici trattennero il respiro.

Come un foglio ripiegato su se stesso, il portagioie continuò ad aprirsi più e più volte, fino a diventare una base di legno con su incisi nomi e simboli di montagne, strade, foreste, villaggi...

«Miei giovani amici» disse il vecchio mago, «ecco a voi la Mappa del Destino!»

CAPITOLO 3

Il Gioco del Destino

I cinque ragazzini si strinsero attorno alla mappa, che fluttuò delicatamente fino a poggiarsi sul pavimento di pietra.

Proprio sotto al loro naso c'era un piccolo castello, circondato da un minuscolo fossato. Da lì partiva una linea sottile, una strada, che proseguiva fino a una foresta in miniatura. Ma c'erano anche altre strade, che raggiungevano altri luoghi… e poi delle casette a punta, lì, verso la costa, proprio dove si trovava il villaggio!

A guardar meglio, si intravedevano pure delle scritte incise nel legno, in corrispondenza dei luoghi rappresentati: 'Il Castello del Re', 'La Foresta dei Sussurri', 'La Strada Maestra'…

«Ma questa è…» cominciò Pingu.

«... la mappa del nostro regno» completò Franpesca per lui.

«*Reame*» corresse di nuovo il mago di corte. «Osservate».

Allungò il bastone nodoso sopra la mappa e il cristallo incastonato sulla punta sfavillò di luce scarlatta. Di colpo, sei linee dorate si allungarono dal centro del tabellone come i raggi di un piccolo sole, dividendo la mappa in altrettanti spicchi. Solo allora i ragazzini notarono delle incisioni più grandi, anch'esse dorate.

Quella vicina al castello recitava: 'Il Regno Medievale'.

«Guardate lì» fece Tonno, indicando la riproduzione di una nave attraccata in un minuscolo porto.

La scritta dorata lungo la baia diceva: 'Il Regno dei Ghiacci'.

«E lì!» aggiunse Franpesca, accennando a un punto del tabellone ricoperto da una piccola giungla. Nell'unico spazietto libero, tra gli alberi, luccicava la scritta: 'Il Regno Selvaggio'.

«C'è anche questa». Asta poggiò il dito accanto a una piramide in miniatura circondata da un'altra scritta d'oro: 'Il Regno delle Sabbie'.

«Magico» sussurrò Deku, osservando meglio alcuni pezzetti di legno che galleggiavano sopra il tabellone. Erano montagne. Montagne volanti. Proprio come quella che avevano avvistato dall'osservatorio...

La scritta sotto di loro diceva: 'Il Regno Sospeso'.

«E infine...»

Il dito affusolato del mago di corte guidò lo sguardo dei cinque amici verso l'ultimo spicchio sulla mappa, intagliato in un legno più scuro rispetto a tutti gli altri. In quel punto c'era soltanto una torre spezzata, sopra la quale sfrigolava una scintilla di luce viola.

Pingu allungò il collo per leggere l'ultima scritta sulla mappa.

Si vedeva a fatica perché non era d'oro, ma nera, coi bordi smangiucchiati. Sembrava tracciata col fuoco...

'Il Regno delle Ombre'.

«Sei regni» continuò il mago, facendo scorrere la mano rugosa dal castello alla baia, dalla giungla alla piramide, dalle montagne svolazzanti alla torre nera. «Un solo reame» disse poi, richiudendo il pugno. «Che adesso è in pericolo».

I cinque amici rimasero in silenzio a rimirare la mappa, una riproduzione perfetta del loro mondo. Poi, all'improvviso, un minuscolo fulmine partì dalla torre spezzata e colpì un angolo del regno più vicino.

«Che cos'è quello?» chiese Franpesca, strizzando gli occhi e avvicinando la punta del naso alla scintilla violetta che sovrastava il Regno delle Ombre.

«Quella, mia principessa, è forse la risposta che stiamo cercando» rispose il vecchio saggio con un sospiro.

Sollevò nuovamente il bastone, ma stavolta lo puntò sopra la testa, in alto, verso il tetto di quella strana stanza nascosta nel cuore del castello. E in un attimo le ombre si dissolsero, così come le pietre, e dove prima c'erano solo oscurità e polvere brillò un radioso cielo azzurro.

«Magico!»

I raggi del sole mattutino pizzicarono le loro guance, proprio come se fossero all'aperto.

«Osservate con attenzione» disse il mago.

Un'altra piccola saetta guizzò sulla Mappa del Destino, dalla torre spezzata al Regno Medievale, e stavolta Pingu e gli altri la videro anche sopra le loro teste. Una saetta oscura, come una gigantesca crepa nel cielo, subito seguita dall'ennesimo allarme suonato dalle trombe.

«Allora è questo! Ci stanno attaccando dal Regno delle Ombre!» esclamò Deku.

«Be', mica potevamo aspettarci fiori e caramelle, da laggiù» commentò Asta, stringendosi nelle spalle. Abbassò lo sguardo sulla parte più oscura della mappa. «Se lo chiamano Regno delle Ombre, un motivo ci sarà!»

«Oh, piantala Asta!» lo riprese Tonno.

«Piantala tu!»

«Piantatela *tutti e due*!» sbottò Franpesca.

Il mago di corte si schiarì la gola e il silenzio calò di nuovo sul gruppetto.

«Non è così semplice, miei giovani amici» disse il vecchio. «Se ho ragione, gli accadimenti di cui siamo testimoni sono molto più che un banale attacco. Potrebbero, invero, essere la fine di tutto». Poi scosse la testa e chiuse gli occhi, lasciando trasparire per un attimo la stanchezza dietro i suoi anni.

«Mago» disse Pingu, posandogli una mano sul braccio che reggeva il bastone, «noi siamo qui per aiutare il regn... il *reame*. Siamo pronti a fare tutto il necessario per salvarlo». Strinse la presa. «Ma abbiamo bisogno che tu ci dica tutto. Non è il momento giusto per i misteri».

Il mago di corte respirò a fondo e riaprì gli occhi, fissando il ragazzino con il suo sguardo d'oro, profondo e antico quanto il tempo stesso.

«È una vecchia storia» esordì. «Mi spingerei a chiamarla leggenda, se non sapessi per certo che è la pura verità».

Fece un gesto sbrigativo con la mano e il cielo sopra di loro si spense così com'era apparso, riconsegnandoli alla penombra delle torce. Nello stesso istante, una strana nebbiolina prese ad aleggiare sulla Mappa del Destino.

«Centinaia di anni fa, i sei regni vivevano in completa armonia. Anzi, i sei regni non esistevano neppure. C'era un solo, immenso reame. Senza divisioni. Senza confini».

La nebbia prese la forma di un castello, poi di una nave fra i ghiacci, di un albero selvaggio e di una piramide circondata dalle sabbie, di una montagna fluttuante fra nuvole vaporose...

«Questo finché una giovane maga, il cui nome è stato maledetto e cancellato da ogni pergamena, non corruppe la propria magia, trasformandola in qualcosa di diverso, di pericoloso, *di malvagio*».

Pingu e gli altri spalancarono gli occhi mentre la nebbiolina si tingeva di viola e assumeva forma umana: era una figura femminile, proporzionata ma minuta, le dita lunghe come artigli, il collo slanciato, il viso appuntito... Poi la figura esplose in una nube di puntini ronzanti, simili a moscerini, e Asta per poco non cadde all'indietro dallo spavento.

«La magia bandita infettò il reame come un morbo» continuò il mago, «facendo marcire ogni cosa sul suo infausto cammino». Tese il bastone verso la Mappa del Destino e lo sciame di puntini oscuri si spostò sopra il Regno delle Ombre. «Fu allora che il Gran Consiglio dei Maghi decise di creare i sei regni, uno per ogni suo membro, tracciando dei confini incantati che avrebbero imprigionato la magia bandita in un unico luogo, salvando tutti gli altri».

Con un nuovo gesto della mano, il mago tramutò il nugolo di puntini oscuri in polvere, che si disperse innocua nell'aria.

«Ma adesso, stando a quello che ho potuto vedere, qualcuno sta cercando di infrangere quell'antico incantesimo». Altri due fulmini in miniatura brillarono sul tabellone di legno, colpendo la giungla e la baia. «Il ghiaccio nella sala del trono, le tempeste di sabbia al villaggio, le liane avvolgenti nel cortile... sono tutte interferenze nella magia, frammenti di altri regni che si mischiano al nostro. I confini stanno cedendo».

Pingu batté il pugno sul palmo della mano. «Non finché ci siamo noi!» esclamò deciso.

«Giusto» confermò Deku.

«Ma che possiamo fare?» intervenne Franpesca.

A quelle parole, gli occhi del mago di corte ebbero un guizzo. Indietreggiò di qualche passo e nel farlo si sfilò qualcosa dalla tasca, che però mantenne nascosta nel pugno.

«In realtà, voi cinque potreste essere la nostra sola speranza» disse in tono solenne. Poi premette un angolo del tabellone e una nuova parte della Mappa del Destino si aprì con uno scatto. «Questa non è soltanto una mappa, è un manufatto forgiato dagli stessi maghi che divisero i sei regni, per permettere ai più coraggiosi di varcarne i confini. Per farlo, dovrete dare il via al Gioco del Destino. Vi basterà...»

Ma Pingu e gli altri non udirono il resto della frase.

Il rombo di un tuono li sovrastò e una folata improvvisa spazzò la stanza, scuotendo le vesti e la lunga barba del mago di corte. Una macchia vorticante di pura oscurità si allargò alle sue spalle e il vecchio saggio non fece in tempo a voltarsi che un'orrida creatura di pietra gli strinse gli artigli attorno alle spalle, tirandolo a sé.

«AAAH!»

«MAGO!»

«NOOOOOOO!»

Un secondo tuonò inghiottì le loro urla e l'attimo dopo, nella stanza, c'erano solo cinque ragazzini dalle facce terrorizzate.

Tlic.

Il piccolo oggetto misterioso che il mago aveva tenuto nel pugno ricadde sul pavimento e rotolò fino ai piedi di Pingu.

CAPITOLO 4

ANDIAMO?

Franpesca si risistemò la gonna e i capelli arcobaleno, mentre Deku cercava di tenere fermo il suo mantello svolazzante.

Quel vento improvviso li aveva scompigliati per bene!

Accanto a loro, Asta teneva ancora la bocca spalancata per la paura e Tonno fissava accigliato il punto in cui un attimo prima era sparito il mago di corte.

Pingu, intanto, si era già abbassato a raccogliere il piccolo oggetto sfuggito alla presa del vecchio.

«Che cos'è?» gli chiese Franpesca.

Il ragazzino alzò la mano, cosicché lei e gli altri potessero vedere meglio: tra l'indice e il pollice stringeva una miniatura di legno, una specie di pedina con la forma di un fiocco di neve. «Non ne ho la più pallida idea» rispose.

«Forse io so dove va inserita, però» ribatté Deku.

Gli altri quattro si voltarono verso l'apprendista mago, chino sulla Mappa del Destino.

«Guardate qui» disse lui, indicando col dito guantato. «La nuova sezione della mappa».

I ragazzini si avvicinarono al tabellone di legno. Ora c'era una colonna, sulla destra, con sei fessure di forme diverse.

Deku accennò alla prima. Nemmeno a dirlo, era a forma di fiocco di neve.

«Ecco cosa stava per dirci il mago» capì Pingu, abbassando gli occhi sulla pedina che stringeva tra le dita. «Basta inserirla nella mappa per iniziare il Gioco del Destino». Annuì. «È deciso, allora!»

Allungò il braccio verso la fessura, ma Franpesca lo bloccò per il polso.

«Non essere precipitoso» sibilò la principessa, scoccandogli una delle sue occhiatacce. Poi si rivolse anche agli altri. «Siamo proprio sicuri di volerlo fare?»

«Be', a essere sinceri sinceri...» cominciò Asta.

Tonno gli diede un colpo col gomito.

«AHIA!» Il buffone si massaggiò il braccio. «Guarda che hai su l'armatura! Fai male!»

«Tu non fare il fifone!» rispose il guerriero.

Pingu sbuffò, liberandosi dalla stretta dell'amica. «A quanto pare, Asta non è l'unico fifone del gruppo» disse tra i denti.

«Oh, non essere sciocco!» esclamò Franpesca. Si gettò i capelli all'indietro e portò le mani sui fianchi, raddrizzando le spalle con aria di sfida. «Non ho affatto paura!»

«Qual è il problema, allora?» ribatté Pingu.

«Che non abbiamo la minima idea di ciò che succederà inserendo quella pedina nel tabellone!» sbottò la principessa. Poi si morse il labbro, come faceva sempre prima di dire qualcosa che non le piaceva. «E poi credo che il mago di corte ci abbia nascosto qualcosa» aggiunse.

Una nuova mini-saetta brillò sulla Mappa del Destino, accendendo di viola l'espressione stupita di Pingu. Asta e Tonno erano ammutoliti e perfino Deku sollevò lo sguardò dal tabellone incantato.

«Fra', di che parli?» chiese l'apprendista mago.

«Lo avete sentito anche voi, quando siamo arrivati, prima che *qualcuno* ci facesse ruzzolare giù per le scale». La ragazzina lanciò un'occhiataccia ad Asta. «Il mago stava parlando col re della loro 'unica speranza'... ha detto che dovevano stare attenti, che non dovevano permettere che 'i cinque ragazzini' scoprissero la verità sul passato».

I quattro amici la fissarono con sguardi vuoti da pesce rosso.

«Oh, avanti!» sbottò lei, pestando una scarpina per terra. «Stavano parlando di noi!»

Un ennesimo squillo di trombe, più forte e più lungo di tutti gli altri, sembrò far vibrare le pareti stesse.

Chissà che cosa stava succedendo nel resto del castello!

«Sentite» disse Pingu, riguadagnando la consueta sicurezza. «Quel che è certo è che non possiamo starcene qui con le mani in mano mentre il regno, il reame o quel che è viene gettato nel caos dalla magia oscura».

Franpesca aprì la bocca per interromperlo, ma lui la fermò alzando un dito.

«Se hai ragione tu» continuò, «se il mago conosce un qualche segreto sul nostro passato, questa è solo una ragione in più per salvarlo. E mi ci gioco tutto quello che vuoi: è stato trascinato nel Regno delle Ombre!»

La principessa storse le labbra.

«Ti assicuro che, quando ritroveremo il mago

di corte, gli chiederemo tutte le spiegazioni che vorrai» intervenne Deku. «Ma prima dobbiamo salvare il reame».

«Ben detto!» annuì Pingu.

Tonno sguainò la sua spada e la puntò al cielo. «Giustissimo!»

«E va bene» si arrese Franpesca.

A quel punto si voltarono tutti verso Asta.

Il buffone deglutì.

«Quindi lo faremo davvero?» chiese. Sbirciò la mappa sotto al naso a patata. «Daremo il via a un gioco di cui non conosciamo le regole, attraverseremo regni ignoti e pericolosi per raggiungere una terra maledetta governata dalla magia bandita?»

Pingu si rigirò la pedina magica fra le dita. «Proprio così» confermò.

Asta sospirò. «Ma perché proprio noi?» si lasciò sfuggire.

Come se lo avesse sentito, una nuova scritta dorata brillò sul tabellone, proprio accanto alla fessura a forma di fiocco di neve.

A chi riunirà le Mistiche Pietre di Om
io mostro il cammino.

«Eccoti la risposta» disse Deku, stringendosi nelle spalle.

I cinque amici sorrisero al ricordo della loro ultima, grandiosa avventura. Erano passati appena un paio di mesi da quando, tra mille peripezie, avevano scovato le cinque uova dorate, le pietre di Om, e le avevano riportate al castello.

«Be', quand'è così...» sussurrò Asta.

Tonno poggiò una manona corazzata sulla spalla del buffone. «Mi sa che ci tocca una nuova missione» disse.

Pingu si abbassò sul tabellone, avvicinando la pedina di legno alla sua fessura. Prima di incastrarla passò in rassegna i volti dei suoi amici.

Franpesca sembrava ancora vagamente preoccupata, ma negli occhi di Deku e Tonno ardeva già l'eccitazione per il viaggio. E Asta... Be', Asta era Asta. Una volta nella mischia, se la sarebbe cavata come sempre.

«Andiamo?» chiese Pingu un'ultima volta.

Gli altri quattro si scambiarono un'occhiata.

«Andiamo!» esclamarono in coro.

La pedina scivolò al suo posto e...

Clic.

... non accadde nulla.

Assolutamente nulla.

I ragazzini si guardarono attorno, spaesati.

«Sei sicuro di aver...?»

Un brivido improvviso percorse la stanza.

I cinque amici si voltarono e lì, dove prima c'era un semplice muro, ora troneggiava una porta in legno antico, dalle venature scure e dai solchi profondi. I due battenti di bronzo, a forma d'ascia, riflettevano la luce tremula delle torce. Tutt'attorno alla porta, riluceva una cornice di spuntoni di ghiaccio, simili a diamanti troppo appuntiti.

«Cavolo» mormorò Pingu, e il fiato gli uscì dalle labbra in una nuvoletta.

Tra le sue mani, la Mappa del Destino si ripiegò su se stessa finché non tornò ad assomigliare a un portagioie. Il ragazzino la ripose con cura nella sua sacca e si alzò. Nel frattempo gli altri si erano già avvicinati alla porta.

Pingu rimase indietro per un istante, fissando le loro sagome in controluce.

L'apprendista mago, la principessa, il buffone e il guerriero, pronti a gettarsi in una nuova fantastica impresa.

«Che il Gioco del Destino abbia inizio» disse il ragazzino fra sé.

Poi prese un bel respiro e li raggiunse, mentre la porta magica si apriva avvolgendoli in una luce bianchissima.

CAPITOLO 5

Il Regno dei Ghiacci

«Etciù!!!»

Una ventata gelida sollevò uno spruzzo di bianco davanti al naso dei cinque ragazzini.

«Ma è neve!» esclamò Asta, raddrizzandosi dopo lo starnuto.

«Ed è dappertutto!» aggiunse entusiasta Franpesca.

Pingu ruotò la testa: ovunque c'erano candide collinette bianche. Le rocce, gli alberi, il terreno... tutto era ricoperto da una morbida coltre scintillante. Eccetto il mare, che invece appariva grigio e lucido come il ferro, costellato da enormi scogli gelati.

«La porta ci ha fatto raggiungere il Regno dei Ghiacci, sulla baia» osservò Deku.

«Già» annuì Pingu, strizzando gli occhi per

mettere a fuoco la sagoma di una nave poco distante.

Quando finalmente tornò a guardare i suoi amici, si accorse che la porta magica aveva fatto ben più che condurli in un altro regno.

«Ma come diamine siete vestiti!?»

«Come diamine sei vestito tu, piuttosto!» lo rimbeccò Franpesca.

Tonno si portò una mano al capo, tastando le due grandi corna che spuntavano dal suo elmo. Non ricordava ci fossero mai state.

«Ma che...?»

I cinque amici si fissarono l'un l'altro, un po' stupiti e un po' divertiti dai loro nuovi indumenti. L'ingombrante gonna di Franpesca aveva lasciato il posto a dei comodi pantaloni larghi di velluto rosso, la tunica di Deku, invece, si era trasformata in un pesante pastrano di pelliccia marrone. Anche Asta e Pingu apparivano più pelosi, con addosso mantelle e coprispalle di morbida lana.

Tonno era l'unico a risultare un po' più minaccioso di prima. La lama della sua spada era più larga e l'armatura aveva nuove placche con borchie dorate. Ai lati del suo elmo, due grosse corna bianche si allungavano verso il cielo.

«Magico!» fu il commento di Deku.

Franpesca dapprima rise, ma subito dopo si portò una mano alla fronte, pensierosa. «Non ci è già capitata, una cosa simile?»

Gli altri ci rifletterono per qualche istante, dopodiché fecero segno di no.

La principessa chiuse gli occhi, come abbagliata da una luce improvvisa.

«Pesca, stai bene?» si preoccupò Tonno.

«Sì, sì» fece lei. «È stato solo un ricordo... di noi cinque nella foresta...» Scosse la testa e riaprì gli occhi. «Non è niente. Diamoci una mossa... Abbiamo tutti le nostre armi magiche?»

Tonno sollevò lo scudo, Deku mostrò i guanti con le gemme mistiche, Asta tirò fuori le sfere da giocoliere e Pingu si fece girare fra le mani il bastone da combattimento.

Franpesca si assicurò di avere con sé arco e frecce e tirò un sospiro di sollievo.

«Andiamo!»

Pingu annuì e s'incamminò lungo l'unica strada visibile nella neve. La striscia di terra scura portava dritta dritta a un gruppo di case dai tetti a punta.

Deku si accostò all'amico.

«Ma, di preciso, sappiamo cosa fare per raggiungere i prossimi regni?» chiese piano, così che gli altri non sentissero.

Pingu si grattò la testa. «Be', immagino che dovremo trovare le altre pedine del gioco».

«Chiaro». L'apprendista mago annuì. «Ma *come*?»

Per tutta risposta, Pingu accelerò verso il villaggio, lasciandosi alle spalle lo sbuffo di Deku, i passi sferraglianti di Tonno, gli strani ricordi di Franpesca e il batter di denti di Asta.

«S-sapete cosa f-fanno due uomini di n-neve, quando s'incontrano?» disse il buffone, fra un brivido e l'altro.

Nessuno rispose, temendo una delle sue solite battute.

«Rompono il ghiaccio!»

Ecco. Appunto!

Ora che si trovavano più vicino alle case, Pingu si accorse che non erano i soli visitatori della baia. Decine di sagome scure, in pelliccia nera e pelli marroni, spiccavano tra il bianco del villaggio innevato mentre si affrettavano verso un qualche luogo sconosciuto.

Erano davvero tanti, troppi per essere gli abitanti di quelle poche case. Si trattava certo di viaggiatori, giunti fin lì per un motivo preciso.

Qualcosa bolliva in pentola...

«Guardate» disse Franpesca.

Pingu tornò indietro di qualche passo e raggiunse i quattro amici davanti a un grande albero dalle foglie ghiacciate. Fissata alla corteccia con un pugnale, c'era una pergamena:

ANNUNCIO
Chiunque vorrà cimentarsi nel
Gran Torneo delle Lame
così da guadagnarsi il titolo di
Guerriero dei Ghiacci
dovrà recarsi al porto di Knork
armato della sua lama più affilata
e di tutto il suo coraggio.
– Così hanno deciso i Klan della Baia –

Mentre i ragazzini stavano ancora leggendo, una testolina color carota si affacciò da dietro il tronco.

«Yay!» li salutò la bambina. «Siete qui per il torneo?»

Non ebbero il tempo di rispondere. O meglio, la Mappa del Destino lo fece per loro: schizzò fuori dalla sacca di Pingu e si aprì a mezz'aria, dispiegandosi nell'ormai familiare tabellone di legno. Accanto alla seconda fessura per pedine, che aveva la forma di una foglia, brillò una nuova scritta.

Diceva:

A chi trionferà nel Gran Torneo delle Lame
io mostro il cammino.

«A quanto pare sì» annuì Franpesca, rivolta alla bimba dai capelli arancioni. «Siamo qui proprio per partecipare al torneo».

La bambina inclinò la testa, poi scosse le sue lunghe trecce. «Non sembrate guerrieri molto valorosi». Si soffermò su Tonno. «Forse lui. Un po'».

Il cavaliere arrossì come una rapa sotto il suo nuovo elmo cornuto.

«È meglio che veniate con me, se non volete perdervi» continuò la bimba, saltando fuori da dietro l'albero e voltando loro le spalle. «Non sembrate nemmeno viaggiatori molto esperti».

E con quelle parole scattò verso il villaggio, lesta come una volpe sulla neve.

«Veloci!» esclamò Pingu, acchiappando al volo la Mappa del Destino e richiudendola per ficcarla nella sacca.

Franpesca si lanciò all'inseguimento, con Asta e Deku alle calcagna. Tonno, come sempre, chiudeva il gruppo correndo sotto il peso dell'armatura.

Ben presto i cinque amici recuperarono terreno e si ritrovarono accanto alla bambina, sgusciando a destra e a sinistra per farsi strada tra gli altri viaggiatori.

Solo adesso Pingu notava che gli uomini e le donne che affollavano il villaggio avevano parecchie cicatrici sul viso, lunghe spade sulla schiena e pugnali che pendevano dalla cintura...

Non erano semplici viaggiatori.

Erano guerrieri!

E tutti indossavano elmi decorati con corna animali: di cervo, di bue, di capricorno...

«Più lunghe sono le corna, più valoroso è il

guerriero» spiegò la bambina, intercettando lo sguardo di Pingu e indovinando i suoi pensieri.

Seguendola, lui e gli altri raggiunsero facilmente il porto e lì trovarono una gigantesca nave trattenuta da possenti catene di ferro nero.

«Wow!» esclamò Asta, alzando gli occhi sulle vele gonfiate dal gelido vento marino.

La bambina si staccò dal gruppo e andò alla passerella da cui s'imbarcavano i guerrieri.

«Yay!» la salutò un uomo barbuto da sopra la nave.

«Yay!» rispose lei. «Loro sono con me» aggiunse con un cenno della testolina arancione. Tanto bastò per farli salire subito a bordo.

Parecchi guerrieri ancora in fila gli lanciarono sguardi poco amichevoli. Alcuni ringhiarono.

«Non sono sicuro che mi piaccia, questa storia» sussurrò Tonno, salendo per ultimo sul ponte della nave.

I guerrieri che si trovavano già lì si erano disposti in cerchio, lasciando al centro lo spazio per duellare. Pingu non aveva mai visto tante brutte facce messe assieme.

Asta deglutì. «Dobbiamo batterci con tutti loro?» chiese bofonchiando.

«Ma certo che no!» rispose la bambina pel di carota, piazzandosi tra lui e Pingu.

Seguì un tonfo che fece vibrare il ponte della nave.

Poi un altro. E un altro ancora.

Come un iceberg che emerge dalle profondità del mare, un colosso alto almeno tre metri sbucò dalla stiva e si piazzò al centro dell'arena.

Le sue braccia erano grosse come botti. Il suo

petto era un macigno rivestito di metallo e borchie. I suoi occhi senza espressione, al centro della faccia quadrata, erano due pezzi di ghiaccio che parevano pronti a infilzarti.

La bambina applaudì mentre il nuovo arrivato s'infilava un elmo con maestose corna da alce.

«Vi basterà battere il Campione dei Ghiacci!» disse tutta felice.

CAPITOLO 6
Knurt

Una guerriera dalla chioma bionda spiccò un salto con tanto di capriola volante, pronta ad affondare la sua spada, ma il colosso dalle corna d'alce l'afferrò per lo stivale e la sbatté al suolo come una bambola di pezza.

«KNURT! KNURT! KNURT!» gridava la folla.

Un secondo guerriero si fece avanti armato di pugnali ricurvi, che nelle sue mani scintillavano come le zanne di una belva feroce. L'uomo scattò di lato, poi cambiò direzione, saltò e deviò ancora, mentre il grande Knurt attendeva immobile. Quando il guerriero coi pugnali colpì, entrambe le sue lame andarono in frantumi contro la corazza del Campione dei Ghiacci.

A quel punto Knurt prese fra le manone il

cranio dello sfidante e, senza pensarci due volte, gli sferrò una testata.

SDENG!

Il suono dei due elmi che cozzavano fra loro continuò a echeggiare nell'aria glaciale mentre il guerriero senza più pugnali piombava al suolo. Poco dopo venne trascinato via dallo spazio di combattimento.

«Chi è il prossimo?» grugnì Knurt, raddrizzandosi il copricapo cornuto.

Il vento sferzò il ponte della nave, ululando e portando con sé altro freddo e qualche fiocco di neve.

Nessun guerriero si mosse. Qualcuno fece addirittura un passo indietro.

Pingu invece fece scrocchiare le dita, pronto a buttarsi nella mischia.

«Non ci provare» gli disse in un soffio Franpesca, intuendo le sue intenzioni. «Quella montagna umana ti spezzerebbe in due».

Il ragazzino la guardò in cagnesco. «Vorresti combattere tu, per caso?»

«Forse» rispose lei. Si portò la punta di una delle sue frecce davanti al naso. «Frecce magiche, ricordi? Non sbagliano un colpo... Potrei colpirlo dritto in mezzo agli occhi».

«Troppo rischioso» s'intromise Deku, infilando la testa tra i due. «Per scoccare una freccia ci vuole tempo. Io potrei usare la magia». Nel dirlo alzò le dita e una fiammella dorata gli baluginò fra indice e pollice.

A quel punto, la bambina dai capelli arancioni che li aveva condotti fin lì si schiarì la gola.

«Forse non avete capito le regole del Gran Torneo delle *Lame*» disse, rimarcando bene l'ultima parola. «Possono scontrarsi solo guerrieri armati di lame. Spade, pugnali, asce, falci... quello che volete. Basta che abbia una lama».

«Ah» fecero i tre amici. E insieme, molto lentamente, si voltarono verso Tonno.

«Perché guardate me?»

Pingu, Deku e Franpesca abbassarono gli occhi sullo spadone appeso alla sua cintura.

Asta, accanto a loro, tirò un sospiro di sollievo mentre un terzo sfidante veniva mandato al tappeto dal grande Knurt. Poggiò una mano sulla spalla dell'amico guerriero. «È tutto tuo, bello!»

Il primo affondo di Tonno mancò il colosso di un palmo, mentre il secondo gli sfiorò la placca chiodata sopra la spalla destra. A quanto pareva,

Knurt non era soltanto grande e grosso. Era pure veloce!

Ma Tonno non demordeva e la lama della sua spada continuava ad affettare l'aria, sibilando sempre più vicina all'avversario.

«Però!» esclamò Pingu dal bordo dell'arena. «È diventato proprio bravo a duellare!»

Nell'attimo stesso in cui pronunciò quelle parole, capì che c'era qualcosa di sbagliato.

'È diventato'...

Tonno era un guerriero. Era ovvio che fosse bravo con la spada. Lo era sempre stato...

Pingu corrugò la fronte.

Oppure no?

Franpesca lo riportò alla realtà con un pizzicotto sul braccio. «È appena successo anche a te, vero?»

«C-cosa?» balbettò lui.

L'amica si picchiettò un dito sulla fronte. «Un ricordo fuori posto. Qualcosa che non sai spiegarti... qualcosa riguardo al nostro passato».

Pingu strinse le labbra invece di risponderle. Forse aveva ragione lei. Il mago di corte, una volta portato in salvo, avrebbe dovuto rispondere a un bel po' di domande!

Il boato della folla rammentò ai due ragazzini che era in corso un duello.

«Forza Tonno!» gridò Pingu.

STUMP!

Knurt aveva sfoderato la sua ascia e stava abbattendo sull'avversario una scarica di colpi.

STUMP!

STUMP!

Per fortuna lo scudo prodigioso di Tonno intercettava ogni fendente, spostandosi ancor prima che il guerriero vedesse arrivare l'ascia.

STUMP!

STUMP!

STUMP!

Knurt calava l'arma come fosse un boscaiolo e l'avversario solo un albero da abbattere al più presto.

«Deku! Che succede allo scudo di Tonno?» gridò Asta a un certo punto.

Tutti puntarono gli occhi sull'oggetto magico, che adesso emanava un debole bagliore azzurro.

«Maledizione!» imprecò l'apprendista mago. «Credo che la magia si stia esaurendo...»

«Cavolo!» fece Pingu.

«Potrebbe cedere in qualsiasi momento» continuò Deku.

STUMP!

STUMP!

STUMP!

Lo scudo brillò più forte e per un istante divenne un disco di pura luce. L'attimo dopo era ancora lì, saldamente fissato all'avambraccio di Tonno, ma era cambiato: più liscio e più lucido, con un 'due' in numeri romani inciso al centro.

Il guerriero abbassò lo sguardo sul nuovo scudo per un secondo di troppo. Quando lo rialzò, il grande Knurt stava per calare l'ascia sulla sua testa.

«Tonno!» gridò Franpesca.

«Spostati!» urlò Pingu.

«A DESTRA!» suggerì Asta.

«A SINISTRA!» fece invece Deku.

Un guizzo di luce, il fischio della lama, e l'ascia di Knurt si conficcò nel legno della nave.

I guerrieri tutt'attorno trattennero il respiro.

«M-ma... ma...»

Pingu non riuscì a balbettare altro.

Nel mezzo dell'arena, due Tonno si rimisero in

piedi, uno a destra e uno a sinistra del punto in cui Knurt aveva colpito. I guerrieri si scambiarono un'occhiata stupita, perfettamente identici nelle loro armature. Dopodiché, senza esitare, si scagliarono in contemporanea contro il loro enorme avversario.

«Si è sdoppiato!» esclamò Asta, spalancando occhi e bocca dallo stupore.

«È merito dello scudo» capì Deku. «Magico!»

Intanto il grande Knurt, colto alla sprovvista, indietreggiava un passo dopo l'altro, facendosi largo fra gli spettatori e parando gli attacchi dei due Tonno. Alla fine si ritrovò al limitare della nave, con solo il mare grigio alle sue spalle.

«SPINGILO!» urlò Pingu.

Entrambi i Tonno annuirono e si mossero esattamente allo stesso modo, come i riflessi di uno specchio: presero una breve rincorsa e spiccarono un balzo che terminò con una spallata sul grosso petto corazzato di Knurt.

Fu così che il Campione dei Ghiacci finì fuoribordo e sparì tra le onde con un altissimo spruzzo d'acqua.

Dopodiché i due Tonno tornarono a essere un unico, confuso guerriero.

«Ho vinto io?» chiese incerto.

Per tutta risposta, una scintilla verde smeraldo gli svolazzò incontro, gli girò attorno alla testa e si posò infine sul palmo del suo guanto corazzato. Quando il guerriero sbirciò la propria mano, vide una pedina di legno a forma di foglia.

«Presto, da questa parte» squittì la bimba pel di carota, staccandosi dalla folla e strattonando Tonno per il gomito. «Anche voi quattro!»

aggiunse. Poi si fiondò verso una porticina all'altro capo della nave.

Pingu e gli altri la seguirono senza fare domande, notando però che l'umore dei guerrieri era cambiato.

Prima erano parsi stupiti, addirittura ammirati.

Adesso sembravano furiosi!

«Ma che succede?» chiese Franpesca.

La bambina li fece infilare sottocoperta e sbarrò la porta con una cassa di legno. «Succede che i trucchi magici non piacciono molto ai guerrieri dei Klan» rispose.

«Ma non l'ho fatto apposta!» esclamò Tonno. «Non credevo nemmeno di saperlo fare!»

Dall'esterno giunsero urla di battaglia e un paio di punte di spada trapassarono la porticina di legno.

«Vuoi uscire tu a spiegarglielo?» chiese la bambina.

Deku si avvicinò all'amico in armatura e accarezzò con un sorriso il suo nuovo scudo. «Pensavo stesse esaurendo la magia, e invece si è evoluto!» spiegò entusiasta. «Questo è uno scudo gemini... chiunque lo brandisca può sdoppiarsi a piacimento!»

Altre grida e altro cozzare di spade.

«Spero abbiate un trucco magico anche per fuggire di qui» disse la bambina, lisciandosi le trecce arancioni.

Pingu non se lo fece ripetere due volte e tirò fuori la Mappa del Destino.

«A te!» disse, porgendola a Tonno mentre quella ancora si dispiegava.

Il guerriero avvicinò la pedina-foglia al tabellone e la incastrò nella fessura con la stessa forma.

L'aria sussultò e il suono di decine di tamburi annunciò l'apparizione della nuova porta magica: eccola lì, sul fondo, tra le botti e le casse della stiva.

Il legno era scuro, decorato da pitture tribali gialle, rosse e blu. Grandi foglie striate, ricoperte di spine, spuntavano da entrambi i lati. Due punte di lancia d'osso facevano da battenti.

Franpesca studiò la mappa. Poi tornò a guardare la porta.

«Direi che ci aspetta il Regno Selvaggio».

Intermezzo

Il mago di corte schiuse le palpebre a fatica. Impiegò qualche istante per mettere a fuoco il mondo buio che lo circondava e la figura femminile di fronte a lui.

D'istinto cercò di sollevare il bastone, ma scoprì che i suoi polsi erano bloccati. Fredde catene di ferro lo tenevano inchiodato al suolo, la schiena poggiata su qualcosa di ruvido, forse pietra.

«Hemrys del Castello» lo salutò la donna misteriosa, allargando le labbra nere in un sorriso senza gioia. «Benvenuto nel mio umile regno».

Un fulmine sfavillò nel cielo dietro di lei mentre il vecchio mago restava in un silenzio pensieroso.

Dove si trovava? Perché era lì?

E come faceva quella donna a conoscere il suo vero nome?

Pian piano i ricordi riaffiorarono e ripresero forma nella sua mente. Le trombe del castello, i fulmini oscuri, la Mappa del Destino e i cinque ragazzini pronti a partire...

E dopo? Che cos'era accaduto?

Un boato, artigli che lo trascinavano via, in volo. In un altro mondo, verso la cima di una torre spezzata...

Un terribile sospetto fece sgranare gli occhi al mago, che alzò di scatto il naso adunco verso la donna.

«Non puoi essere tu» mormorò.

Lei sorrise come non sorrideva da centinaia di anni. «Oh, sì, invece».

«T-tu sei... sei...»

Lady Morrygan scoppiò in una risata fragorosa.

«Voi maghi» disse, portandosi una mano al petto, «dopo secoli non avete ancora ritrovato il coraggio di pronunciare il mio nome».

Il mago di corte tentò di nuovo di alzarsi, di recuperare il fidato bastone, ma le catene lo trattennero.

«I tuoi sforzi saranno vani!» esclamò con rabbia.

«Non hai abbastanza potere per abbattere i confini dei regni».

La donna continuò a sorridere e fece un passo di lato, rivelando la gemma che fluttuava alle sue spalle, pulsante di magia oscura.

«Non da sola» disse. I suoi occhi violetti scintillarono. «*Non ancora*».

Solo in quel momento Hemrys del Castello si accorse di non essere l'unico mago incatenato su quella torre. Un attimo dopo, un filamento di tenebra si allungò dal cristallo corvino e raggiunse il suo petto, cominciando a risucchiare la sua energia vitale.

CAPITOLO 7

Il Regno Selvaggio

Il suono di mille tamburi riempì le orecchie dei cinque amici e per una manciata di secondi il mondo non fu altro che un turbinio di foglie, fiori e rami.

Poi, dopo un lampo di luce verde, si ritrovarono in piedi tra altissimi fili d'erba. Intorno a loro, alberi ricoperti di muschio si innalzavano verso il cielo, allargandosi in enormi chiome fruscianti.

Franpesca rimase a bocca aperta. «Che meraviglia!»

La luce del sole raggiungeva il suolo a fatica, facendosi strada tra il verde in caldi fasci dorati. Era come trovarsi dentro una gigantesca cattedrale fatta di tronchi e foglie.

«Questo Regno Selvaggio è piuttosto... selvaggio» osservò Asta, inclinando la testa di lato. «E adesso lo siamo un po' anche noi».

Pingu scostò l'erba alta per vedere meglio il suo amico.

La mantella di lana del buffone era sparita, come il resto dei suoi vestiti. Al loro posto Asta indossava un gonnellino di foglie tenuto su da una cintura di pelle. Una collana di zanne bianche gli pendeva dal collo.

Pingu scoppiò a ridere, almeno finché non si rese conto che anche i suoi abiti erano spariti: aveva ancora la sacca con dentro mappa e bastone, ma invece dei calzoni indossava un gonnellino di pelle e al posto degli stivali dei sandali di foglie intrecciate.

«Meno male che qui fa caldo» si consolò Franpesca, ammirando i suoi nuovi accessori da principessa indigena, tra cui una lunga collana di pietre azzurre, una di perline rosse e un bracciale d'osso.

Deku si toccò la testa. «Perché sono l'unico con le piume?»

«Di che ti lamenti?» gli rispose Tonno, senza più armatura e col petto ricoperto da pitture tribali. «Io prima avevo le corna!»

Risero tutti.

«Forza, togliamoci da qui» propose Pingu, sfoderando il suo bastone e facendo strada fra la vegetazione. «Troviamo un posto più comodo».

I cinque amici si mossero nell'erba alta fino a raggiungere un intrico di radici sporgenti, perfette per sedersi.

Tonno si lasciò cadere sul primo tronco a portata di mano.

«Ahia» si lamentò tastandosi le braccia. «Mi fa male tutto... parare i colpi di Knurt è stata una faticaccia!»

«Ma se ha fatto tutto lo scudo!» disse Asta.

Il cavaliere provò a mollargli un pugno sul braccio ma era troppo stanco, e Asta troppo distante.

Deku, nel frattempo, stava di nuovo rimirando lo scudo magico.

«Succederà a tutte le nostre armi?» chiese Pingu, prendendo posto tra due radici e soppesando il suo bastone da combattimento. «Si trasformeranno?»

L'apprendista mago annuì. «Sono armi incantate. A quanto pare, col tempo, invece di esaurirsi accumulano potere. Diventano sempre più magiche».

«Bene» intervenne Franpesca. «Ci serve tutto l'aiuto possibile, per raggiungere il Regno delle Ombre». Si voltò verso Pingu, facendo tintinnare le sue collane. «A proposito, che dice la Mappa del Destino sul prossimo obiettivo?»

Il ragazzino tirò fuori dalla sacca il cofanetto di legno e lo guardò dispiegarsi a mezz'aria. La terza fessura per pedine magiche aveva la forma di un piccolo sole. Accanto si leggeva già il nuovo indizio:

A chi vincerà la Corsa delle Tribù
io mostro il cammino.

«Chiarissimo!» esclamò Asta in tono sarcastico. «Ora dobbiamo solo trovare queste tribù. E partecipare alla loro corsa. *E vincerla*... Che ci vuole?!»

Franpesca lo ignorò e puntò il naso verso l'alto.

«Dobbiamo arrampicarci» disse.

Gli altri quattro la guardarono confusi.

La principessa sospirò. «Devo sempre spiegarvi tutto? Le tribù accendono fuochi. I fuochi fanno fumo. Il fumo si vede dall'alto!» Aspettò con le mani sui fianchi per qualche secondo. «Allora?» riprese. «Chi si arrampica?»

Pingu balzò in piedi e impugnò il bastone da combattimento.

«Non c'è bisogno d'arrampicarsi» disse. Conficcò l'arma nel terreno. «Conosco un modo molto più divertente!»

Strinse entrambe le mani attorno al bastone incantato e quello si allungò all'istante, portandolo in alto, verso i rami, attraverso le foglie, in mezzo alle liane...

«YU-HUUU!!!»

Di colpo sbucò tra le cime degli alberi. Da lì, la giungla era un mare verde smeraldo, misterioso e infinito.

«Vedi niente?» chiese dal basso la voce di Deku.

Pingu aguzzò la vista e alzò una mano per proteggersi dal sole. Niente fumo all'orizzonte e niente tende o capanne. Solo foglie, foglie e altre foglie a perdita d'occhio.

«Niente!» gridò in risposta.

Diede un colpetto al bastone, che lo riportò giù.

Tonno era ancora stravaccato sul tronco e Asta stava seduto per terra, a gambe incrociate, mentre Deku e Franpesca osservavano pensierosi la Mappa del Destino.

«Qui non è segnato alcun villaggio» mugugnò l'apprendista mago.

«Sarà nascosto dalla vegetazione» suggerì la principessa.

Il buffone stiracchiò le braccia e si lasciò cadere all'indietro, sdraiandosi del tutto. «Be', approfittiamone per riposarci un po'». Sbuffò e cambiò posizione. «Piantala di punzecchiarmi, Tonno!»

«Non ti sto punzecchiando» ribatté il cavaliere.

Seguì uno strano silenzio, rotto soltanto da un fruscio sospetto.

Fu allora che i cinque amici si accorsero della liana che stava avvolgendo il braccio di Asta.

«ATTENTO!» urlò Pingu, colpendo il tentacolo verde col bastone.

Il buffone scattò in piedi, e lo stesso fece il cavaliere accanto a lui, mentre altre liane fuoriuscivano dal fitto della giungla e strisciavano sul terreno.

Deku schioccò le dita ed evocò qualche scintilla magica contro i tentacoli assassini.

«NIENTE FIAMME!» gli gridò Franpesca. «O rischiamo di dar fuoco all'intero Regno Selvaggio!»

L'apprendista mago smise all'istante di scagliare i suoi incantesimi. Nel frattempo Tonno mulinava lo spadone e Asta lanciava le sue sfere da giocoliere.

Alcune liane arretrarono, ma nuovi tentacoli, più grossi e più lunghi, sbucarono dai cespugli.

«VIA DI QUI!» fece Pingu.

I ragazzini si lanciarono di nuovo tra l'erba alta e poi tra gli alberi ricoperti di muschio, correndo, saltando, scavalcando radici e rocce. Alle loro spalle, il fruscio delle piante assassine continuava a seguirli.

«Di qua!»

«Veloci!»

«Attenti!»

«Occhio al ramo!»

«AHIA!»

Pingu si voltò a controllare che Asta non si fosse fatto troppo male. Quando tornò a guardare di fronte a sé, si ritrovò a fissare un tipetto smilzo col gonnellino di foglie e una collana di zanne.

«Cavoli!»

Non ebbe il tempo di fermarsi né di avvertire gli altri, e così travolse l'indigeno continuando la sua fuga dalle liane avvolgenti.

Deku lo raggiunse correndo alla sua destra. «Chi era quello?»

«E che ne so?!» esclamò Pingu.

Franpesca gli si accostò sulla sinistra. «Gli hai fatto fare un bel volo!»

La giungla divenne leggermente meno selvaggia e i tre si fermarono ansimanti davanti a una pozza d'acqua, ai piedi di un albero gigantesco. Poco dopo arrivarono anche Asta e Tonno.

«Anf!» boccheggiò il buffone. «L'abbiamo scampata bell...»

Nemmeno il tempo di finire la frase e un altro rumore fece voltare tutti e cinque verso i cespugli.

Asta, che era il più vicino, fu il primo a ficcare la testa tra il fogliame.

«Allora?» chiese Pingu.

«Ehm» cominciò il buffone. «Diciamo che ho una notizia buona e una notizia cattiva».

A quel punto anche gli altri si fecero avanti e spinsero di lato le grosse foglie tropicali.

«La notizia buona è che abbiamo trovato una tribù» completò Asta.

Pingu deglutì.

Decine di lance erano puntate dritte contro di loro!

CAPITOLO 8

I COLLO-VERDE

Il capotribù dei collo-verde si sporse dal suo trono di ossa, socchiudendo i grandi occhi tondi per guardare meglio i prigionieri.

A Pingu ricordò un enorme rospo pronto a far scattare la lingua per catturare la preda. Aveva un corpo robusto, la pelle bruna coperta da tatuaggi tribali e i lunghi capelli scuri intrecciati con piume e perline. Portava un grosso anello di legno al naso e il suo collo, come quello di tutta la tribù, era dipinto di un bel verde foglia.

«Voi siete nemici» gracidò alla fine, puntando un dito tozzo contro i ragazzini. «Voi avete portato la sventura sulla nostra tribù».

I cinque amici si strinsero al centro della tenda

mentre gli indigeni che li avevano condotti fin lì abbassavano nuovamente le lance.

Tonno portò una mano all'elsa della spada e Deku sollevò i guanti mistici.

«Non fate gli scemi» sibilò Franpesca. «Sono in troppi!»

Asta intanto fissava le punte delle lance: erano parecchio affilate e a solo un palmo dal suo stomaco.

Pingu si schiarì la gola.

«Grande capo» disse, chinando la testa in segno di rispetto. «Perché ci credete nemici? Non vogliamo farvi del male».

Il capotribù lo guardò senza proferire parola. Poi emise uno strano suono schioccando la lingua e uno dei collo-verde si fece avanti zoppicando.

Pingu lo riconobbe subito.

Era l'indigeno che aveva travolto fuggendo dalle piante assassine!

«Voi avete già fatto del male» disse con voce profonda il capotribù, indicando la caviglia fasciata dello zoppo. «Serpe-che-striscia è il più veloce del villaggio. Ora che si è fatto male al piede, chi correrà la Corsa delle Tribù?»

Un brusio sconsolato percorse il gruppo di collo-verde.

Il capo indigeno scosse le lunghe treccioline. «I piede-giallo ci sconfiggeranno» brontolò.

«Come ogni volta» mormorò qualcuno.

Il capotribù schioccò di nuovo la lingua e lanciò un'occhiataccia ai suoi.

«Potrei correre io!»

Tutte le teste dentro la tenda, comprese quelle di Pingu, Deku, Asta e Tonno, si voltarono verso

Franpesca. La principessa fece un passo avanti e guardò spavalda il gran capo dei collo-verde.

«Forse non sono la più forte del mio gruppo, ma sono molto veloce» disse. «E agile». Si piegò a destra e a sinistra, facendo sfoggio del corpo snello e flessuoso. «Posso gareggiare per voi!»

Il capotribù sgranò gli occhi da rospo e un nuovo brusio, stavolta curioso, si diffuse fra gli indigeni.

«State zitti!» sbuffò il gran capo. Dopodiché tornò a rivolgersi a Franpesca. «Vuoi davvero correre per i collo-verde?»

La ragazzina annuì. «In cambio della nostra libertà» aggiunse. «Se vincerò la corsa per la tribù, ci lascerete continuare il nostro viaggio».

«Pesca, non...» Tonno cercò di avvicinarsi all'amica, ma ben quattro lance puntate alla gola glielo impedirono.

Il capotribù sventolò una mano paffuta e gli indigeni abbassarono le armi.

«È deciso» disse in tono solenne. «Se vinci, potrete andare».

I ragazzini tirarono un sospiro di sollievo.

Tutti tranne Asta.

«E se perde?» domandò.

Per tutta risposta, il capo indigeno si passò l'indice lungo il collo tinto di verde.

Non ci fu bisogno di altre spiegazioni...

Il villaggio dei collo-verde era un susseguirsi di tende a punta e occupava una piccola radura circondata da un fiumiciattolo. I cinque amici furono condotti fuori dalla tenda del capotribù e scortati verso una più piccola, sulla riva del fiume, dove avrebbero trascorso la notte.

La Corsa delle Tribù si sarebbe svolta solo il giorno dopo e loro, soprattutto Franpesca, avevano bisogno di riposare. Pingu e gli altri avrebbero voluto esplorare la giungla attorno al villaggio, ma i collo-verde e le loro lance appuntite non erano affatto d'accordo.

E così i ragazzini videro il cielo farsi scuro dall'interno della tenda, sdraiati su stuoie di erba intrecciata, aspettando di prender sonno.

Non ci volle molto.

Li svegliò la luce del sole al mattino, accompagnata dal verso di un qualche uccello selvaggio.

«Più ci penso e più mi convinco che offrirti volontaria è stata una pessima idea» fu la prima cosa che disse Pingu, ancora insonnolito.

Franpesca, seduta accanto a lui, fece spallucce. «Perché? La Mappa del Destino dice che bisogna vincere la Corsa delle Tribù per raggiungere il prossimo regno». Si stiracchiò i muscoli delle gambe. «Io sono prontissima!»

«Sta' attenta, però» aggiunse Deku, l'unico già in piedi. Scostò un lembo della tenda per far entrare un po' d'aria. «Dubito che sarà una semplice corsa».

Tonno si tolse di dosso Asta, che ancora ronfava, e raggiunse l'apprendista mago sulla soglia della tenda. Si grattò il mento osservando la vegetazione di fuori. «Chissà cosa si nasconde lì in mezzo».

Deku schioccò le dita e una scintilla di magia si staccò dalla gemma sul suo guanto, guizzando fra i tronchi e le liane della giungla. Poco dopo si udirono un ringhio e uno zampettio, seguiti dallo scatto secco di fauci piene di denti aguzzi.

«Già» riprese Pingu, sbadigliando. «Una pessima idea».

La principessa aprì bocca per rispondergli a tono, ma un suono basso e vibrante l'anticipò.

WOOOHHHOOOHHHOOOHHHOOO.

Il corno dell'adunata.

La Corsa delle Tribù stava per cominciare!

Tre vecchiette tutte rughe e collanine, le anziane della tribù, vennero a preparare Franpesca per la gara.

«Per essere veloce come un uccello» disse una, mettendole una piuma di corvo tra i capelli arcobaleno.

«Per proteggerti dalla sventura» aggiunse una seconda, infilandole un bracciale dorato a forma di serpente.

La terza intinse le dita storte in una ciotola e le accarezzò il collo, colorandolo. «Ora sei una collo-verde» sorrise soddisfatta.

Dopodiché la portarono via senza altre spiegazioni, mentre Pingu e gli altri seguivano gli uomini della tribù fuori dal villaggio, lungo la stessa strada che avevano percorso quando erano stati catturati.

«Ma io voglio vedere la corsa!» protestò Asta.

Tonno annuì con forza. «Pesca potrebbe aver bisogno d'aiuto!»

L'indigeno capofila schioccò la lingua per zittirli.

«Che ha detto?» chiese il buffone.

Il collo-verde dietro di lui lo punzecchiò con la lancia.

«D'accordo, d'accordo... andiamo dove dite voi! Che caratteraccio!»

Proseguirono in silenzio e raggiunsero la pozza d'acqua dove si erano fermati il giorno prima. Il capotribù era già lì, comodamente seduto su una radice, e accanto a lui c'era un vecchio indigeno dal copricapo piumato.

«Lui è Gufo-che-vola» disse il grande capo indicando l'altro. «L'uomo magico della tribù».

Il vecchio indigeno li salutò con un cenno della testa, facendo frusciare le piume colorate. Stringeva un lungo bastone e aveva la pelle talmente scura da sembrare scolpito nel legno.

I suoi occhi, gialli e splendenti come quelli di ogni mago, si piantarono su Deku.

Fece alcuni gesti con le mani.

«Gufo-che-vola è muto come gli alberi» spiegò il capotribù. «Ma dice che tu sei magico, come lui».

«Sono ancora un apprendista» ammise il ragazzino.

Il mago indigeno annuì e invitò lui e gli altri a prendere posto attorno alla pozza. I collo-verde si erano già sparpagliati ovunque. Per terra e sulle rocce, sulle radici e sopra i rami...

WOOOHHHOOOHHHOOOHHHOOO.

«Ma non andiamo a vedere la corsa?» chiese Pingu al capo indigeno.

Gufo-che-vola levò in alto il bastone e la gemma incastonata sulla punta pulsò di luce scarlatta. Le foglie frusciarono, l'aria turbinò, la superficie dell'acqua cominciò a incresparsi...

WOOOHHHOOOHHHOOOHHHOOO.

Pingu spalancò gli occhi.

Nella pozza d'acqua, adesso, si vedeva la giungla dall'alto.

«Magico...» mormorò Deku, sporgendosi.

Era come sbirciare da una finestra!

Il mago indigeno batté il bastone per terra e le immagini nella pozza s'ingrandirono fino a mostrare chiaramente i campioni delle quattro tribù che correvano fra gli alberi.

Pingu sorrise.

Franpesca era già in vantaggio.

CAPITOLO 9

La Corsa delle Tribù

Senza smettere di correre, la principessa tese il suo arco e scoccò una nuova freccia.

Centro!

Le liane assassine si ritrassero e Franpesca ci passò in mezzo con un balzo.

Correre e lanciare contemporaneamente non era facile, ma non aveva altra scelta. Deku ci aveva visto giusto: non era una semplice corsa. I partecipanti dovevano raggiungere l'albero bianco al centro della giungla mentre dalla vegetazione spuntava di tutto...

Per fortuna le sue frecce, oltre che infallibili, erano anche infinite!

La ragazzina ne incoccò una e tirò ancora, facendo zampettare via un lucertolone che le sbarrava la strada.

Intanto, dietro di lei, sentiva il respiro affannato dei corridori delle altre tribù.

A un certo punto il campione dei mano-rossa l'affiancò e la squadrò con la coda dell'occhio. «Tu non sei Serpe-che-striscia» disse. «Sei una nuova collo-verde?»

«Proprio così» rispose lei, cercando di spingerlo via col gomito. Accelerò il passo. «Io sono principessa-che-vince!» E se lo lasciò di nuovo alle spalle.

Poi un'ombra le passò sopra la testa, facendole alzare lo sguardo.

Il campione dei piede-giallo aveva cambiato strategia: invece di correre, stava saltando da un ramo all'altro come una scimmia.

«Ehi! Non vale!» protestò Franpesca, pronta a lanciargli contro una freccia. Ma quello era già scomparso tra le fronde.

La principessa sbuffò e corse a zigzag fra una serie di alberi spinati, attenta a non pungersi e a non restare impigliata tra i cespugli.

Almeno il pancia-blu era rimasto indietro...

ROARRR.

Il ruggito fece tremare il terreno.

A quale bestia apparteneva quel verso spaventoso?

Franpesca non si voltò a controllare.

Sollevò l'arco e si tenne pronta, sperando con tutto il cuore che l'animale misterioso fosse ancora distante. In quel momento avrebbe davvero voluto con sé i muscoli di Tonno, o la magia di Deku, o l'astuzia di Pingu.

Perfino l'aiuto di Asta sarebbe andato bene!

Chissà dov'erano i suoi amici...

I quattro ragazzini stavano in piedi attorno alla pozza magica, gli occhi fissi sull'immagine della principessa che correva fra la vegetazione.

Tonno batté nervoso il piede. «Che cos'era quel ruggito? Si è sentito fin qui!»

«Niente di buono, temo» rispose Deku.

«Però Fra' sta vincendo!» disse Asta. «E dire che non ha nemmeno le scarpe da ginnastica!»

Ci fu un attimo di silenzio.

Poi gli altri tre si voltarono a guardarlo.

«Che diamine sono le 'scarpe da ginnastica'?» chiese Pingu.

Asta aprì e richiuse la bocca un paio di volte, senza emettere alcun suono. «Io... io...» balbettò poi. «Non ne ho idea».

Il buffone fece un'espressione confusa.

«Strano» continuò. «È come se avessi in testa...»

«... un ricordo sbagliato» continuò Pingu per lui. Poi si rivolse a Deku. «È la stessa cosa che è successa a me e Franpesca».

L'apprendista mago si rabbuiò. «Pensi c'entri quello che ha detto il mago di corte?»

La voce del vecchio risuonò nella mente di Pingu.

'Se dovessero scoprire la verità sul loro passato...'

Era quello il punto? C'era qualcosa che non sapevano? Qualcosa che cercava di riaffiorare dai loro ricordi?

Il suono di decine di lingue che schioccavano riportò il ragazzino alla realtà. I collo-verde sembravano apprezzare molto la corsa di Franpesca.

«La ragazzina è veloce» dichiarò compiaciuto il capotribù.

Pingu annuì. «È la migliore!»

«Speriamo sia più veloce della tigre» ribatté tranquillo il capo indigeno.

«Quale tigre!?»

Franpesca evitò la zampata per un soffio e rotolò di lato, tra terra, foglie, pietre aguzze... per qualche secondo la giungla divenne un vortice di graffi e polvere, finché la ragazzina non andò a sbattere contro il tronco di un albero.

Meno male che il muschio lo rendeva più morbido!

La principessa si rimise in piedi e subito puntò una freccia contro l'animale che aveva interrotto la sua corsa.

Era terrificante e magnifico al tempo stesso: la sua pelliccia riluceva d'oro ed era striata di nero, blu e verde scuro. La belva assomigliava a un gatto, ma era molto più grossa, e più feroce. Dal muso scendevano due zanne bianchissime, ricurve come falci. Una lunga coda frustava l'aria dietro le zampe posteriori.

«Quella è una tigre assassina!» sussurrò una voce.

Franpesca ruotò la testa e incrociò lo sguardo impaurito dell'indigeno mano-rossa, nascosto in un cespuglio.

«Piante assassine! Tigri assassine!» sbottò lei. «Perché è tutto 'assassino', in questo regno!?»

«È la giungla» fu la risposta dell'indigeno.

La principessa roteò gli occhi.

Poi tornò a guardare la tigre.

L'animale aveva già fiutato un'altra preda. Dall'intrico di alberi e liane era appena comparso il campione dei pancia-blu, un indigeno tarchiato con le gambette tozze. Ci mise qualche secondo ad accorgersi di avere una gigantesca tigre sulla sua strada...

ROARRR.

Ora o mai più!

Il felino scattò e Franpesca fece lo stesso.

Mentre la tigre sferrava il suo attacco sul povero pancia-blu, la ragazzina riprese la sua corsa verso il cuore della giungla. Se le anziane le avevano detto la verità, mancava poco. L'albero bianco doveva essere lì vicino.

Franpesca scagliò l'ennesima freccia per impedire a un uccello rapace di calare in picchiata su di lei. Il braccio cominciava a farle male. Il caldo era sempre più soffocante e appiccicoso.

Ancora un piccolo sforzo!

Era vicina!

Era...

ROARRR.

Pingu trattenne il fiato mentre, nella pozza magica, la minuscola figura di Franpesca veniva inseguita da una tigre dai denti a sciabola. Si voltò verso il capotribù. «Dobbiamo aiutarla!»

L'indigeno schioccò la lingua.

«Niente aiuti» dichiarò. «Nessuno può entrare nella giungla durante la corsa. È la legge della tribù».

Tonno fece per muoversi ma Asta lo trattenne: i collo-verde stringevano di nuovo le loro armi. Non li avrebbero lasciati andare tanto facilmente!

Pingu si voltò verso Deku.

«Fa' qualcosa!»

Nel frattempo, nel riflesso incantato della pozza, la principessa continuava a correre...

Franpesca non osava voltarsi.

Non perché rischiasse di inciampare, ma perché non voleva sapere quanto fossero vicine le zanne della tigre.

Poteva sentire gli artigli della bestia grattare il terreno dietro di lei. Le pareva quasi di avvertire il suo respiro sulla schiena. E sentiva il suo fetore. Forte e selvaggio, come ogni cosa in quel maledetto regno!

ROARRR.

Franpesca scansò un ramo inclinandosi a destra, poi ne saltò un altro e passò sotto al terzo.

Le faceva male tutto. Gambe, fianchi, braccia…

Il suo fidato arco ormai pesava come il piombo.

Doveva sbrigarsi. Non avrebbe corso ancora a…

Un'ombra la sovrastò.

L'ombra di qualcosa appena dietro di lei.

ROOOAAARRRRRR.

*

L'urlo della principessa increspò la superficie della pozza magica.

«Forse ci sono!» esclamò Deku.

Gli altri tre erano chini sull'acqua. Tonno era sbiancato e Asta aveva la mascella spalancata. Pingu osservava coi denti serrati.

L'apprendista mago avvicinò i palmi delle mani e le gemme sui guanti mistici scintillarono di luce arcobaleno. Un attimo dopo, fra le sue dita fiammeggiava una sfera di fuoco perpetuo.

«Niente aiuti!» ripeté più forte il capotribù, ma stavolta Tonno non ci pensò due volte a estrarre la spada. Anche Pingu, accanto a lui, sfoderò il bastone da combattimento.

Per un momento i due pensarono che Deku avrebbe aperto un varco fra gli indigeni, invece l'amico si limitò ad allargare le mani, facendo crescere la sfera infuocata. Dopodiché la scagliò dritta nella pozza.

L'acqua si increspò ancora. Poi tornò liscia di colpo.

L'apprendista mago si asciugò la fronte. «Spero che funzioni...»

*

Franpesca rotolò di lato e si rimise in piedi con l'arco in pugno, pronta a piazzare una freccia nell'occhio della bestia.

Prima che potesse tirare, però, un lampo attraversò il cielo azzurro oltre le chiome degli alberi e una palla di fuoco colpì in pieno la tigre ruggente di fronte a lei.

«Deku!» capì subito la principessa, sorridendo.

L'animale emise un verso sofferente e si allontanò come un gattino spaventato, la pelliccia che ancora fumava nel punto in cui si era bruciacchiata.

Franpesca tirò un sospiro di sollievo.

Si concesse un paio di secondi per riprendere fiato.

Fu allora che lo vide!

Il campione dei piede-giallo era appena risbucato fuori dalle fronde e ora correva indisturbato verso l'albero bianco che spiccava in lontananza.

CAPITOLO 10

IN UN BATTIBALENO!

«Come sapevi che avrebbe funzionato?» chiese Pingu.

Deku fece spallucce. «La magia funziona sempre in entrambi i versi» rispose. «Se l'urlo di Franpesca era arrivato *fin qui*, allora qualcos'altro poteva arrivare *fin lì*».

Schiocchi di lingua furiosi interruppero la spiegazione.

«L'avete aiutata!» li accusò il capotribù, puntando un dito tozzo contro di loro. «Avete violato la legge della tribù!»

«Eh no!» ribatté Pingu. «Avete detto che nessuno poteva *entrare nella giungla*, ad aiutarla». Il ragazzino accennò alla pozza magica. «Noi non ci siamo mossi da qui!»

«E poi non facciamo parte della tribù» aggiunse

Asta, indicandosi il collo senza alcuna traccia di verde. «Non dobbiamo rispettare le sue leggi».

Il capo indigeno socchiuse gli occhi tondi e scrutò i ragazzini, il dito accusatore ancora puntato.

Dopodiché schioccò la lingua per l'ennesima volta e annuì.

Pingu, Deku e Asta sorrisero soddisfatti. Tonno, nel frattempo, non aveva mai staccato gli occhi dalla pozza.

«Ragazzi» disse il cavaliere, unendo le sopracciglia in un'espressione preoccupata. «Credo stia succedendo qualcosa di strano».

Franpesca scagliò un'altra freccia, ma era troppo lontana.

Non voleva davvero colpire l'indigeno piede-giallo, ma almeno fargli prendere uno spavento e mandarlo fuori strada! O farlo rallentare un po'...

Intanto l'albero bianco, il traguardo della loro corsa, era sempre più vicino.

«Dannazione!» imprecò la principessa, scoccando ancora una freccia.

Poi, accadde.

Proprio come aveva fatto lo scudo di Tonno, anche il suo arco prese a brillare. Franpesca sgranò gli occhi mentre l'arma cambiava forma tra le sue mani e diventava una balestra con piccoli dardi dorati.

In alto, tra le fronde degli alberi o forse tra le nuvole, le sembrò di udire un grido d'eccitazione...

«Magico!» esclamò Deku. «Quella è una batti-balestra!»

«Una *che*?» domandarono in coro gli altri tre.

«Una batti-balestra!» ripeté l'apprendista mago. «Un'arma portentosa! Chi la impugna può lanciare lontanissimo e raggiungere magicamente il punto in cui si conficca la freccia! Così!» Schioccò le dita. «In un battibaleno!»

L'espressione di Tonno si fece raggiante. «Vuol dire che Pesca può vincere!»

«Solo se qualcuno le spiega come fare, però» aggiunse Asta.

Deku e Pingu si scambiarono un'occhiata, poi si chinarono sulla pozza magica, misero le mani a coppa attorno alla bocca e gridarono con tutto il fiato che avevano nei polmoni!

*

La voce dei due amici raggiunse Franpesca come l'eco di un tuono lontano, ma lei non esitò a seguire le loro istruzioni: sollevò davanti al naso la sua nuova, fiammante balestra e puntò appena sopra la testa del piede-giallo.

Tlic.

La freccia sibilò nell'aria, superò l'indigeno e si conficcò nella corteccia bianca dell'albero al centro della giungla.

Un battito di ciglia dopo anche la principessa era lì, la mano poggiata sul tronco candido e un sorriso tutto denti stampato in faccia.

WOOOHHHOOOHHHOOOHHHOOO.

«Anf... anf... Ho vinto!» ansimò felice.

Dopodiché si lasciò cadere al suolo, esausta.

Quando Franpesca venne ricondotta al villaggio dei collo-verde, li trovò tutti lì, davanti alla tenda del grande capo: Pingu e Deku che parlottavano fra loro, Asta che mostrava a un paio di indigeni come roteava le sue sfere da giocoliere e Tonno sull'attenti, spada in pugno, che attendeva impaziente il suo ritorno.

«Ce l'hai fatta!» la salutò subito il cavaliere.

«Avevi dubbi?» rispose lei. Poi sollevò la pedina

a forma di sole che teneva fra le dita. «Mi è apparsa sul palmo della mano dopo che il corno ha suonato la fine della corsa».

«Sei stata brava» intervenne il capotribù, facendosi largo fra i suoi uomini. Dietro di lui avanzava un indigeno più alto e più vecchio, con un bel copricapo di piume e un lungo bastone da mago. «Hai mantenuto la promessa».

La principessa annuì. «Quindi siamo liberi di andare?»

Il capo indigeno socchiuse gli occhi tondi, come se ci stesse pensando, ma alla fine fece segno di sì.

«A proposito di andare...» s'intromise Pingu. Tirò fuori la Mappa del Destino e il tabellone di legno si aprì davanti ai cinque amici.

«Mostrami il cammino» sussurrò Franpesca inserendo la pedina a forma di sole.

Poi si guardò attorno, in cerca della prossima porta. Lo stesso fecero gli altri quattro.

Fu il mago indigeno, indicando col bastone, a guidare i loro sguardi: tra due alberi poco distanti ora spiccava il giallo chiaro di un'imponente porta di pietra. Sulla superficie erano dipinti un grande occhio e figure umane e animali più piccole, tutte di profilo. I battenti avevano la forma di due scarabei color del cielo.

«Grazie, Gufo-che-vola» disse Deku chinando la testa. «Spero di diventare un mago potente come te, prima o poi».

Il vecchio fece un gesto complicato con le dita.

«Lui ha detto» tradusse il capotribù «che non ci vorrà molto tempo».

Il ragazzino sorrise ma, prima che potesse rispondere, qualcosa si mosse alle spalle di Gufo-che-vola. Qualcosa di oscuro. Qualcosa che i cinque amici avevano già visto...

«ATTENTO!»

Fu inutile.

Un vortice di tenebre si allargò come una macchia d'inchiostro dietro il mago indigeno mentre artigli di pietra emergevano dal buio e lo afferravano, trascinandolo via.

Gufo-che-vola sparì spalancando occhi e bocca in un urlo senza voce.

L'attimo dopo le ombre si dispersero lasciando gli altri incolumi, come se nulla fosse accaduto.

«Che cosa è successo? Dov'è Gufo-che-vola?» chiese confuso il capotribù.

Deku e Franpesca afferrarono Pingu per le braccia.

«Dobbiamo andare» sussurrò l'apprendista mago.

«E subito» puntualizzò Franpesca con un'occhiata agli indigeni. «O ci daranno la colpa di tutto!»

Aveva ragione: lo stupore si stava già trasformando in paura sulle loro facce. Presto sarebbe arrivata la rabbia. Qualcuno schioccò la lingua.

«Sventura! Sventura!»

Pingu e gli altri non aspettarono che i collo-verde impugnassero di nuovo le loro lance. Raccolsero al volo la Mappa del Destino, spiccarono un balzo e saltarono senza esitazioni oltre la porta magica.

Per qualche istante rimasero così, a mezz'aria, avvolti da un tiepido bagliore dorato. Poi il nuovo regno prese forma davanti ai loro occhi e i cinque atterrarono su una collinetta di sabbia finissima, al centro di un deserto infinito. L'unica cosa che si scorgeva, oltre le dune, era la punta di una piramide stagliata su un cielo color miele.

«Wow» fece Asta. «Qualcosa mi dice che questo è il Regno delle Sabbie».

La porta alle loro spalle si richiuse e svanì, sgretolandosi in mille granelli scintillanti.

«Dite che dobbiamo andare di là?» chiese Tonno, indicando la piramide.

Franpesca scrollò le spalle. «Non mi pare ci sia molta scelta».

I ragazzini si avviarono in silenzio, la gioia per la vittoria della principessa già spazzata via da ciò che era successo a Gufo-che-vola.

Una saetta oscura lampeggiò sopra le loro teste e il cielo si fece azzurro. Poi sembrò rosa. Infine tornò dorato.

«È sempre peggio» mormorò Deku. «Dobbiamo sbrigarci a mettere la parola fine a tutto questo».

Pingu tirò un calcio a un cumulo di sabbia.

Non riusciva a togliersi dalla mente l'espressione del mago indigeno che veniva inghiottito nel Regno delle Ombre...

Si accostò a Deku.

«Quello che è accaduto al mago di corte» disse. «E ora anche a Gufo-che-vola. Vuol dire che...»

«Sì» lo anticipò l'amico. «Qualcuno rapisce i maghi dei sei regni».

L'espressione di Pingu si fece più cupa.

L'apprendista mago lo guardò di traverso. «Stai pensando a...?»

«Forse» tagliò corto il ragazzino, il ricordo di una figura incappucciata che riaffiorava nella sua mente. «Ma speriamo di no».

Non aggiunse altro e Deku non insistette.

Ben presto l'unico suono emesso dal gruppetto fu quello dei loro passi strascicati nella sabbia.

CAPITOLO 11

IL REGNO DELLE SABBIE

Una folata di vento caldo spazzò il deserto, spostando la sabbia da una duna all'altra.

Non era lo stesso caldo della giungla, però. Quello era umido e appiccicoso, mentre il Regno delle Sabbie era secco, torrido, senza alberi sotto cui ripararsi. Perfino il cielo aveva il colore del ferro arroventato.

«Almeno siamo vestiti leggeri!» osservò Asta, asciugandosi le gocciolone di sudore che gli colavano sulla fronte.

I loro abiti si erano trasformati di nuovo e adesso, al posto di foglie e piume, indossavano fresche tuniche di lino. Tonno aveva anche un pettorale di metallo e un piccolo spadino. Deku invece era l'unico a indossare un buffo cappello con su un piccolo serpente dorato.

«Coraggio» li esortò Pingu, aiutandosi col bastone per avanzare nella sabbia. «Ci mancano solo due regni da attraversare».

«Ma poi saremo nel Regno delle Ombre» gli rammentò Franpesca, qualche passo più indietro. Un fulmine nero sfrigolò in cielo. «E speriamo di arrivarci interi» continuò la principessa con un sospiro. «Voglio solo tornarmene a casa!»

Tonno annuì. «Anche a me manca il castello, Pesca».

«Io non...» La ragazzina lasciò la frase a metà e si portò una mano alla testa. Fece una smorfia.

«Tu non stavi pensando al castello» capì Pingu. «Un altro ricordo sbagliato?»

Franpesca rispose con uno sguardo appuntito quanto le sue frecce. «Il mago di corte dovrà spiegarci molte cose, appena lo salveremo» disse alla fine. E accelerò il passo.

Via via che i cinque arrancavano fra le dune, la piramide si faceva più vicina, finché non fu più una sagoma aguzza all'orizzonte, ma un'imponente costruzione di pietra che troneggiava su di loro.

«Ditemi solo che non dobbiamo scalarla» ansimò il cavaliere, soppesando lo scudo e il metallo che aveva addosso.

Di fianco a lui, Asta inclinò il collo più che poté per guardare la punta. «Wow!» disse piano. Poi corrugò la fronte. «Quella cos'è?»

Gli altri quattro alzarono il capo e serrarono gli occhi giusto in tempo per intravedere una sagoma che spiccava il volo.

Il buffone ruotò la testa in tutte le direzioni. Dov'era finita quella creatura?

Uno spostamento d'aria, uno strano ringhio...

Ed eccola atterrare davanti a loro!

«Attenti!» esclamò Pingu, facendo un passo indietro e alzando il bastone davanti a sé.

La creatura affondò i lunghi artigli nella sabbia e ripiegò le grandi ali nere. Il suo corpo ricordava quello di un leone, ma le piume sulla schiena sembravano quelle di un gigantesco corvo. La parte più bizzarra, però, era la testa.

Era umana!

Il volto bruno di una giovane donna scrutò i cinque ragazzini.

«State giocando al Gioco del Destino» disse con voce profonda.

Non era una domanda.

Pingu e gli altri rimasero impietriti: come faceva a saperlo?

Quella spaventosa creatura era la prima, oltre al mago di corte, a nominare il gioco.

«Giungete dunque qui per sfidare i miei indovinelli?» continuò, agitando pigramente la coda leonina.

Pingu armeggiò con la sacca e ripescò la Mappa del Destino, che si dischiuse mostrando il suo reame in miniatura. Accanto alla fessura per la prossima pedina, quella a forma di nuvola, brillava un nuovo indizio:

A chi risolverà gli enigmi della sfinge
io mostro il cammino.

Pingu sospirò. «Sì» annuì poi, tornando a guardare gli occhi della creatura, neri quanto le sue ali.

La sfinge sorrise come un gatto davanti al topo.

«E sia!» esclamò, levando una zampa sopra la testa.

Per un attimo i cinque temettero di essere attaccati. Tonno sguainò la spada, Franpesca sollevò la balestra, i guanti di Deku mandarono lampi...

Poi gli artigli della creatura si conficcarono nuovamente nel suolo sabbioso.

Il suo sorriso felino si allargò.

Sssshhh.

«Che succede!?» esclamò Franpesca.

Pingu abbassò lo sguardo: i granelli attorno ai suoi piedi si stavano muovendo. Si rincorrevano l'un l'altro, sempre più veloci...

Sssshhh.

Non ebbe nemmeno il tempo di urlare: lui e gli altri furono inghiottiti da un inarrestabile vortice di sabbia.

*

Girarono e girarono, nel buio più totale, finché non vennero risputati fuori assieme a un fiume di granelli dorati, in una grande stanza illuminata da decine di torce fiammeggianti.

La sfinge era già lì.

«Ecco il mio primo indovinello» annunciò. «Rispondete correttamente e, piano dopo piano, raggiungerete la punta della Piramide di Nym».

«Aspetta... puah... un momento... puh!» sputacchiò Pingu, rimettendosi in piedi.

Gli sembrava di avere metà deserto in bocca!

Dietro di lui, Franpesca aiutava Deku a venir fuori dal cumulo di sabbia. Nel frattempo Tonno continuava a scuotere la testa e Asta si infilava le dita nelle orecchie per liberarsi dei fastidiosissimi granelli.

«Vuoi dire che siamo *dentro* la piramide?» chiese il buffone.

Ma la creatura non li stava ascoltando.

«Se mi chiami, non ci sono più» recitò in tono solenne. «Chi sono?»

La domanda echeggiò fra le pareti di pietra, come ripetuta da mille fantasmi, mentre la sfinge sfoggiava nuovamente il suo sorriso e spariva in un turbinio di piume nere.

I cinque amici si guardarono attorno.

Niente porte.

Nessuna finestra.

Erano proprio in trappola!

«Se mi chiami, non ci sono più...» ripeté Franpesca, mordicchiandosi il labbro.

«Un gatto!» se ne uscì Tonno.

Si voltarono tutti a guardarlo male e il cavaliere si strinse nelle spalle. «Be', spesso i gatti scappano, quando li chiami» bofonchiò.

Deku scosse la testa. «Probabilmente è un gioco di parole. Le sfingi sono famose per i loro enigmi ingannevoli».

Stavolta si voltarono tutti verso Asta.

«Che c'è?» chiese allarmato il buffone. «Che ho fatto?»

Franpesca mise le mani sui fianchi. «Non sei tu quello tanto bravo con i giochi di parole? Facci uscire di qui!»

Asta si grattò la testa. «Ehm... Be', ecco...»

«Ma che succede se non rispondiamo?» lo interruppe Tonno.

Sssshhh.

La sabbia ricominciò a venir giù dai quattro angoli della stanza, scorrendo come acqua da una fontana. Si riversò sul pavimento, si ammucchiò in collinette sempre più alte...

«Ci seppellirà vivi!» gridò Franpesca, indietreggiando mentre i granelli le raggiungevano la punta dei piedi.

La voce della sfinge echeggiò per incanto sopra il sibilo della sabbia.

SE MI CHIAMI NON CI SONO PIÙ.

Sssshhh.

CHI SONO?

«Deku, usa la magia!» esclamò la principessa.

L'apprendista mago non se lo fece ripetere. Schioccò le dita e sprigionò una saetta smeraldina, ma quella s'infranse contro le pareti senza nemmeno scalfirle.

«È inutile!» spiegò all'amica, pur tentando ancora. «La magia della Piramide di Nym è molto più potente della mia... l'unico modo per uscire è rispondere alla domanda della sfinge!»

CHI SONO? CHI SONO? CHI SONO?

Fu allora che Pingu afferrò Asta per le spalle e lo guardò dritto negli occhi.

«Forza, puoi farcela!» gli disse. «Sono anni che ti sento fare battute con doppi sensi che non fanno ridere nessuno... se c'è uno di noi che può trovare la risposta, quello sei tu!»

«I-io...»

«Concentrati!»

Il buffone annuì, ma era una vera impresa concentrarsi con le urla di Franpesca, la sabbia che continuava a scorrere, il ronzio degli incantesimi di Deku...

Asta chiuse gli occhi, ma fu anche peggio. Le voci dei suoi amici cominciarono a confondersi e accavallarsi.

«Trova una risposta!»

«È inutile, non ce la fa...»

«Riprova con la magia!»

«Per me è il gatto».

«Non è il gatto!»

«Dici che è il cane?»

Il buffone riaprì gli occhi.

«FATE SILENZIO!» urlò.

E tutti tacquero.

Durò giusto qualche istante. Dieci secondi di silenzio assoluto.

Tanto bastò perché le pietre squadrate in fondo alla stanza si facessero da parte, rivelando un passaggio nascosto. Le cascate di sabbia cessarono di scorrere.

Tonno si avvicinò ad Asta e gli batté una manona sulla schiena.

«Ce l'hai fatta, amico» sorrise. «Se mi chiami, non ci sono più...»

«Il silenzio!» completò Pingu.

Asta guardò prima l'uno e poi l'altro.

«Ah» disse stupito. «Sì, certo. Lo sapevo benissimo» aggiunse, annuendo un paio di volte.

Franpesca gli scoccò uno sguardo dubbioso, ma non disse nulla.

«Ora è meglio proseguire» fece Deku.

I cinque amici scavalcarono i cumuli di sabbia che li avevano quasi sepolti e si avviarono verso la prossima stanza e il prossimo enigma.

CAPITOLO 12

Dardi e scorpioni

Invece di una nuova stanza, Pingu e gli altri trovarono un corridoio con le pareti decorate.

Della sfinge nessuna traccia.

«Forse l'abbiamo già battuta» azzardò Tonno in tono speranzoso.

Pingu scosse la testa. «La Mappa del Destino parla chiaro. C'è scritto 'enigmi', al plurale».

«E quel mostro ha parlato di altri piani» fece notare Deku.

Asta scrollò le spalle. «Be', ci sono delle scale, lì in fondo!»

Mosse un passo nel corridoio, ma l'apprendista mago lo acchiappò per la tunica.

Clic.

Nell'attimo in cui il piede del buffone si posò sul lastrone di pietra, un dardo partì dal muro, gli sfrecciò davanti al naso e si conficcò nella parete di fronte.

Il ragazzino deglutì.

Per fortuna Deku lo aveva trattenuto!

«Mi sembrava troppo facile» sospirò Franpesca.

I cinque amici osservarono meglio il corridoio e centinaia di figure dipinte sulla pietra ricambiarono lo sguardo: scorpioni, falchi, uomini in tunica bianca, scarabei, donne con capelli neri e bracciali dorati... Erano tutti ritratti di profilo, circondati da incomprensibili simboli in colonna.

In fondo, molto in fondo, s'intravedevano dei gradini che salivano.

«E ora che si fa?» chiese Tonno.

Pingu si massaggiò il mento. «Se usassimo la tua batti-balestra?» suggerì, rivolgendosi a Franpesca.

«Le armi incantate aiutano solo chi le impugna» gli rispose Deku. «La magia porterebbe dall'altra parte lei e basta. Dobbiamo trovare un'altra soluzione».

«Almeno Asta ha disinnescato la prima trappola» si consolò la principessa. «Peccato che l'intero corridoio ne sarà strapieno!»

Il buffone fissò la piccola freccia che lo aveva mancato per un soffio.

Ma certo!

Tirò fuori le sue sfere da giocoliere e se le rigirò fra le mani.

«Forse ho un'idea!» esclamò. E senza aggiungere altro scagliò una sfera contro il pavimento.

Clic.

Un secondo dardo scoccò dalla parete e intanto la palla rimbalzò sul lastrone successivo, e su quello dopo ancora.

Clic. Clic. Clic.

Asta lanciò anche le altre due sfere, facendole schizzare dappertutto: il risultato fu una vera tempesta di piccole frecce. Quando anche l'ultima si conficcò nella pietra, le tre palle incantate ricaddero al suolo e rotolarono ubbidienti fino ai piedi del buffone.

«Ecco fatto» sorrise lui raccogliendole, mentre i suoi amici lo fissavano con le bocche spalancate dallo stupore.

Pingu non credeva ai suoi occhi. «Ben fatto, Asta!»

«Uffa, però» piagnucolò il buffone, studiando

corrucciato una delle sue sfere. «Speravo si trasformassero anche loro, come le vostre armi...»

Franpesca sbuffò e li superò entrambi, incamminandosi nel corridoio ormai innocuo.

«Allora» disse, voltandosi indietro, «vi spicciate o no?»

I ragazzini annuirono e la seguirono senza ribattere. Raggiunsero le scale, dopodiché salirono fino a sbucare in una stanza che era l'esatta copia della prima, solo più piccola e senza tracce di sabbia.

La sfinge li aspettava sorridente.

«Ecco il mio secondo indovinello» li salutò, ticchettando con gli artigli sulla pietra. «La getti anche se è nuova». La creatura allargò il sorriso fino a mostrare i denti affilati. «Che cos'è?» Sgranò gli occhi neri come la pece. «Colpitela!»

Pingu strinse le mani attorno al bastone da combattimento, trattenendo l'impulso di lanciarsi all'attacco. Ma non ne avrebbe comunque avuto il tempo: appena ebbe pronunciato la sua enigmatica domanda, la sfinge svanì assieme alla porta alle loro spalle.

I cinque amici si scambiarono occhiate confuse.

«Be'» azzardò Tonno. «Stavolta non credo si tratti di un gatto».

Franpesca lo fulminò senza dire una parola.

Intanto Deku ruotava la testa a destra e a sinistra, i guanti mistici sollevati, pronti a lanciare un incantesimo.

«Che succede?» gli chiese Pingu.

L'apprendista mago serrò gli occhi. «Ancora niente» rispose. «Ma sono sicuro che la sfinge ha in serbo qualche altro brutto tiro!»

Giusto il tempo di terminare la frase e una piccola ombra zampettò fuori da una fessura nel pavimento.

Ne seguì una seconda.

E una terza.

«Cavoli!» esclamò Pingu, indietreggiando. «Cavoli! Cavoli! CAVOLI!»

Gli scorpioni venivano fuori come formiche, le code alte sopra la testa, i grossi pungiglioni pronti a colpire.

Franpesca lanciò uno strillo.

Ma Deku era già pronto: con un lampo di luce azzurrina, un prodigioso turbine di vento e polvere si levò a proteggere lui e i suoi amici.

Le creaturine velenose, bloccate dalla barriera invisibile, schioccarono furiose le piccole chele.

«Ragazzi, dobbiamo darci una mossa!» avvertì l'apprendista mago. «Lo scudo ventoso non durerà a lungo!»

LA GETTI ANCHE SE È NUOVA.

L'indovinello della sfinge risuonò nell'aria.

CHE COS'È? CHE COS'È? CHE COS'È?

E intanto gli scorpioni si ammassavano, aspettando solo di colpire, simili a un tappeto nero fatto di zampe, chele e pungiglioni.

COLPITELA! COLPITELA! COLPITELA!

«Che diamine vuol dire che dobbiamo 'colpire' la risposta?» chiese a gran voce Pingu.

Asta, accanto a lui, mosse le labbra.

Qualcosa che si gettava.

Qualcosa di *nuovo* che si gettava...

Mentre si rigirava l'indovinello nella mente, notò che gli scorpioni sul pavimento non erano gli unici presenti nella stanza. Ce n'erano almeno altri tre, dipinti in cima alle colonne negli angoli.

«Oh!»

Appena si posarono sulla quarta colonna della stanza, gli occhi del buffone si spalancarono per la sorpresa.

«Deku, fai smettere il vento magico!» esclamò, cercando nella tunica le sue sfere da giocoliere.

«Sei impazzito?!» lo rimbeccò Franpesca. «Quelle bestiacce ci saranno addosso in un attimo!» aggiunse rabbrividendo.

Asta roteò il braccio avanti e indietro, preparandosi al lancio. «Per una volta, Fra', fidati!»

«Sei sicuro?» chiese Deku.

Oltre la barriera ventosa, gli scorpioni schioccavano impazienti le chele.

Il buffone annuì deciso.

«Sicuro sicuro?» insistette l'apprendista mago.

«FALLO!»

I cristalli magici sui guanti di Deku brillarono di luce blu e il turbinio del vento cessò all'istante. Gli scorpioni scattarono verso il centro della stanza, pronti a pungere, ma Asta fu più veloce: con un singolo tiro colpì in pieno il simbolo disegnato sulla quarta colonna e le bestiacce s'immobilizzarono a un palmo da lui e dagli altri.

Nello stesso momento, il passaggio per la prossima stanza si aprì sulla parete lì accanto.

La principessa tirò un sospiro di sollievo. «Ma come ci sei riuscito?» chiese al buffone, gli occhi pieni di paura ancora puntati sui pungiglioni.

«La getti anche se è nuova» ripeté Asta, accennando all'unica colonna della stanza che non ritraeva uno scorpione.

Gli altri quattro alzarono il naso e si accorsero che sopra le loro teste era dipinta l'àncora di una nave.

«Giusto!» esclamò Deku. «La getti... *in mare*!»

«Bravissimo!» annuì Pingu.

Dopodiché gli scorpioni si ritirarono nelle

fessure dalle quali erano usciti, mentre la palla da giocoliere tornava obbediente da Asta.

«Guardate!» esclamò felice il ragazzino, raccogliendola. «Luccica!»

La sollevò così che la vedessero tutti: come l'arco di Franpesca e lo scudo di Tonno, anche la sfera era diventata pura luce. E in un battito di ciglia cambiò forma.

Ora Asta reggeva fra le mani un cappello a sonagli con tre punte di colori diversi.

«Ehi!» protestò lui. «Io volevo un'arma come si deve!»

Tonno accennò alla sua spada. «Le armi vere non sono per tutti, amico» ridacchiò, mentre l'altro indossava il copricapo. «Ti sta bene, però!»

I sonagli tintinnarono sulla testa del buffone.

«*Ti sta bene, però*» ripeté lui, facendo il verso al cavaliere.

Sia Pingu che Franpesca si voltarono a guardarlo.

«Ma quella era...» cominciò il primo.

«... la voce di Tonno!» completò la principessa. «L'hai imitata alla perfezione!»

Deku si avvicinò ad Asta, osservando meglio il nuovo manufatto magico. «Già... credo proprio si tratti del cappello mille-e-una-voce. Riproduce per incanto ogni voce che sente!»

A quelle parole, un'espressione soddisfatta si stampò sulla faccia del buffone.

«Bene bene bene» disse, sfregandosi le mani. «Tieniti pure la tua spada, Tonno. Io ho appena trovato il modo per farci uscire di qui!»

CAPITOLO 13

L'ULTIMO INDOVINELLO

I cinque amici percorsero la ripida scala di pietra, che dalla seconda stanza li condusse dritti dritti alla terza. Quest'ultima era tale e quale alle altre, ma ancora più piccola. Era chiaro che, un enigma dopo l'altro, stavano risalendo dalla base della piramide verso la punta...

La sfinge, come sempre, era al centro della stanza, le ali nere ripiegate sulla schiena da leone.

«Ecco il mio terzo indovinello» disse, leccandosi le labbra.

Ma non fece in tempo ad aggiungere altro, perché Asta balzò in avanti, accompagnato dal tintinnio del suo nuovo cappello. E per magia parlò con la stessa voce profonda della creatura.

«Sai cosa fa un gallo in mezzo al mare?» chiese sorridente.

La sfinge snudò gli artigli. «Come osi interrompere il mio indovinello?!»

La porta alle spalle dei ragazzini, però, stava già scomparendo nella pietra. Per quel che aveva sentito la piramide, il terzo enigma era appena stato pronunciato...

«Non è possibile!» protestò la sfinge, scuotendo la chioma scura. «Non sono stata io a parlare!»

Si drizzò sulle zampe posteriori e ruggì, ma stavolta non si sollevò alcun vortice di piume a portarla via. Il mostro rimase lì, a sbattere le ali come un canarino in gabbia.

«Nemmeno una sfinge può contrastare le regole magiche della Piramide di Nym» sorrise Deku, avanzando di un passo per mettersi accanto ad Asta. «L'unico modo per uscire da qui è risolvere l'indovinello». L'apprendista mago strizzò l'occhio al buffone. «Sei un *genio*!»

L'altro rispose con un ulteriore scampanellio del copricapo.

«Pazzi!» ringhiò la sfinge, il bel volto di donna deformato dalla rabbia. «Potrei sbranarvi uno per uno nel misero tempo di una clessidra!»

«Verissimo» annuì Pingu, unendosi ai suoi

amici. «Ma resteresti comunque rinchiusa qui per sempre».

Anche Franpesca e Tonno si fecero avanti.

«Già» disse la principessa. «C'è solo una persona che conosce la risposta per uscire».

La sfinge ringhiò ancora, graffiando il pavimento sotto le zampe.

Poi un rumore nuovo, più stridente, si mischiò al verso della creatura. E di colpo la stanza parve ancora più piccola. Molto più piccola...

Pingu si guardò intorno.

Sì, non c'erano dubbi...

La stanza si stava restringendo!

«PRONUNCIA LA RISPOSTA ALL'ENIGMA, STUPIDO UMANO!» urlò la creatura, richiudendo le ali per occupare meno spazio.

«Solo se ammetti di essere stata sconfitta» rispose Asta, riutilizzando la propria voce. «Basta indovinelli! Basta giochi di parole!»

Le pareti stridettero ancora, avvicinandosi sempre più l'una all'altra.

«FINIRETE STRITOLATI!» minacciò la sfinge.

Asta incrociò le braccia. «E tu con noi, se non ti arrendi!»

Come già successo per gli altri indovinelli, l'eco

incantato della Piramide di Nym ripeté l'enigma del buffone.

SAI COSA FA UN GALLO IN MEZZO AL MARE?

Intanto Tonno cercava di respingere le pareti con le braccia, mentre Pingu e Deku facevano lo stesso col bastone e i guanti mistici.

Franpesca si accostò ad Asta.

«Ehm... ammetto che sei stato bravo...» gli sussurrò all'orecchio. «Però forse ora dovresti...»

Ma lui fece un minuscolo cenno di diniego con la testa. Aveva un'espressione tremendamente ostinata e restava immobile di fronte ai denti aguzzi della sfinge, ad appena due dita dal suo naso.

«E VA BENE!» ringhiò alla fine la creatura. «Hai la mia parola! Sciogli l'enigma e mi dichiarerò sconfitta!»

Il buffone annuì tutto contento.

«Parla, umano!» lo incalzò la sfinge. Ormai la stanza aveva la dimensione di uno sgabuzzino. «Cosa fa un gallo in mezzo al mare?»

Asta sfoggiò il suo sorriso migliore.

«*Gall*eggia!»

La risposta del buffone fu accolta da alcuni secondi di completo silenzio.

Poi, forse per il sollievo o forse per la felicità di

aver superato l'ennesima prova, i suoi amici scoppiarono in una sonora risata, subito inghiottita dall'urlo furioso della sfinge e dal turbinio delle sue ali nere.

Quando le piume scure si dispersero, i ragazzini si ritrovarono circondati da un immenso cielo rosso macchiato d'arancione.

Franpesca trattenne il fiato.

Era il più bel tramonto mai visto!

«Attenta!» fece Pingu, tenendola per il braccio.

Erano stati magicamente trasportati sulla sommità della piramide e c'era appena lo spazio per stare in piedi l'uno accanto all'altro. Sotto di loro, il deserto del Regno delle Sabbie si allargava a perdita d'occhio, con le sue dune e le sue tempeste. C'era anche qualche oasi, sparsa qua e là...

Un possente batter d'ali fece alzare lo sguardo ai cinque amici.

La sfinge era lì, sospesa in mezzo a quel cielo infuocato.

«Come promesso, mi dichiaro sconfitta» disse stizzita.

Dopodiché sbatté le ali con forza e una miriade di granelli dorati si sollevò dalle dune vicine per avvolgerla nel suo abbraccio sabbioso. Poco dopo, fu solo una delle tante tempeste di sabbia che spazzavano l'orizzonte.

«E ora?» chiese Tonno, abbassando di nuovo il mento sul deserto.

Asta mostrò il palmo della mano, rivelando la pedina-nuvola appena comparsa.

«Ora mettiamo questa nella Mappa del Destino» disse.

Pingu non se lo fece dire due volte. Tirò fuori il tabellone di legno e, standо attento a non cadere di sotto, lo passò al buffone perché inserisse la nuova pedina.

«Fatto!»

La Mappa del Destino si richiuse, tornando ad assomigliare a un portagioie.

«*E ora?*» ripeté il cavaliere.

«Non dovrebbe apparire una porta?» si lamentò Franpesca.

Deku diede un colpo di tosse. «Ehm... ragazzi...» Indicò in alto col dito guantato, verso qualcosa che fino a un attimo prima non c'era.

La nuova porta magica galleggiava proprio sopra di loro.

Sembrava un frammento di cielo stellato: il legno era liscio e bluastro, quasi nero, e luccicava di mille pietruzze incastonate tra le sue venature. I battenti erano d'argento. Avevano la forma di piume d'uccello.

«Come caspita ci entriamo?» chiese Asta col naso all'insù.

L'apprendista mago non perse tempo a rispondere. Schioccò le dita e sprigionò un bagliore arcobaleno che prima avvolse tutti loro e poi fluttuò nel cielo come una grande bolla di sapone.

«Magico!» gridarono in coro mentre attraversavano la porta stellata per il Regno Sospeso.

Intermezzo

Il cristallo corvino sfavillò con maggiore intensità e Gufo-che-vola chinò la testa sul petto, privo di sensi.

Lady Morrygan lo oltrepassò e continuò la sua marcia, passando di fronte a tutti i suoi ospiti in catene: Emrys del Castello, Kmher della Baia, Othis del Deserto, Laaera delle Nubi...

Era tutto lì quel che restava dell'antico Consiglio dei Maghi. La misera eredità lasciata da coloro che l'avevano maledetta. Coloro che l'avevano umiliata. Coloro che l'avevano confinata in un regno di eterna oscurità...

La maga puntò un dito affusolato sopra la testa e scagliò la sua ira, sotto forma di fulmine, nel gorgo di nuvole che sovrastava la torre spezzata.

Il cielo era ormai un mare in tempesta, pronto a inghiottire il mondo.

Ma non era abbastanza.

Non era ancora abbastanza.

«Mi serve più potere» sibilò Lady Morrygan.

L'uomo incappucciato, un'ombra fra le ombre, emerse alle sue spalle.

«È necessario avere fede» disse. «E pazienza. L'ultimo tassello del nostro piano sta per andare al suo posto».

Gli occhi violetti di lei scintillarono. «Ma non ci sono altri maghi da rapire».

«Così è adesso» ribatté lui.

Il rombo di un tuono fece tremare la notte.

«Che cosa vuoi dire?» chiese Lady Morrygan.

L'uomo rivolse il cappuccio verso l'orizzonte, rimirando un futuro che solo lui poteva scorgere.

«Che un nuovo mago sta per sorgere».

CAPITOLO 14

Il Regno Sospeso

La bolla di magia che conteneva i cinque amici riapparve in uno sconfinato cielo violetto, fra grandi e vaporose nuvole bianche. Dapprima salì in alto, fra il luccichio delle prime stelle della sera, poi discese dolcemente verso la nube più vicina.

Fu allora che Pingu e gli altri videro le isole galleggianti: come scogli scuri fra la spuma del mare, le colline erbose e le montagne appuntite spuntavano dalle nuvole tutt'attorno, formando un vero e proprio arcipelago fluttuante.

Plop!

La bolla scoppiò al di sopra di una delle tante isolette e i ragazzini atterrarono con un balzo su un morbido prato fiorito.

L'armatura di Tonno sferragliò.

«Ehi! Abbiamo di nuovo i nostri vestiti!» esclamò il cavaliere.

Franpesca girò su se stessa, facendo gonfiare la lunga gonna da principessa, mentre Pingu cercò dietro le spalle il cappuccio a forma di testa di pinguino. Asta, invece, si assicurò di avere ancora il suo cappello mille-e-una-voce sopra la testa.

«Ora sì che mi sta bene, sulla divisa da buffone!» disse in un tintinnio di campanelli.

Solo Deku, nella tunica da apprendista mago con la mezzaluna ricamata sul petto, pareva preoccupato.

«Non credo sia un buon segno» mormorò, guardando tutti loro.

Pingu inarcò un sopracciglio. «Perché?»

«Era la magia dei confini a trasformare i nostri abiti, abbinandoli a ciascun regno» rispose l'amico. «Faceva tutto parte dell'antico incantesimo di cui ci ha parlato il mago di corte». Scrutò il cielo infinito davanti a loro, poi riabbassò gli occhi sulla tunica. «Se i regni continuano a perdere potere...»

«Guardate lì» lo interruppe Franpesca, puntando il dito all'orizzonte: tra il violetto della sera e il bianco delle nuvole spiccava, in lontananza, una macchia di pura oscurità.

Per vedere meglio, i ragazzini avanzarono fino al limitare dell'isola.

«Quello è il Regno delle Ombre?» chiese Asta, fissando le tenebre alla fine del cielo.

«No» rispose d'istinto Tonno. «Non possiamo vederlo, da qui». Poi si voltò verso Deku. «O sì?»

L'apprendista mago corrugò la fronte.

«Credo proprio che si tratti del Regno delle Ombre» confermò. «Ve l'ho detto: l'incantesimo sta cedendo. I confini che dividono il reame sono più fragili che mai».

«Be', quand'è così...» Pingu fece qualche passo indietro, si sedette sul prato e ripescò la Mappa del Destino dal fondo della sacca.

La scatoletta di legno si alzò a mezz'aria, ruotò un paio di volte sotto al suo naso e si dispiegò come un fiore che sboccia, rivelando il tabellone e i suoi regni in miniatura.

«La prossima pedina da ottenere è a forma di pipistrello» notò Franpesca, tirando su gli angoli della gonna e sedendosi accanto a Pingu.

Poi lesse l'indicazione della mappa:

A chi incanterà la Regina delle Arpie
io mostro il cammino.

«Che cos'è un'arpia?» domandò Tonno in tono preoccupato.

«Sono creature dei cieli, metà donne e metà uccello» rispose prontamente Deku. «Non ne ho mai vista una, ma da quel che ho letto preferiscono non avere a che fare con gli umani e sono abili con la magia».

A quel punto anche il buffone e il cavaliere si lasciarono cadere sul prato. Una brezza leggera scompigliava i fili d'erba e i fiorellini gialli.

«Io ho bisogno di riposare» sospirò Franpesca. «Mi fanno ancora male le gambe per la corsa nella giungla».

Il fedele Tonno annuì alle parole della sua principessa. «Neanch'io ho voglia di mettermi subito a caccia di un altro mostro alato. Siamo appena scampati a una sfinge!»

«Non grazie a te» lo punzecchiò Asta, scansandosi all'istante per evitare un pugno sulla spalla.

Pingu alzò il mento verso Deku.

«Che ne dici? Abbiamo il tempo di riposare?» chiese.

L'apprendista mago continuava a scrutare le tenebre all'orizzonte. Chissà perché, aveva la netta impressione che qualcuno, dall'altra parte, stesse ricambiando lo sguardo...

«E va bene» disse alla fine, scuotendo la testa e sedendosi a sua volta fra l'erba. «Se proprio dobbiamo fermarci, questo mi sembra un buon posto» valutò. «Ma giusto il tempo di una dormita per riprendere le forze!»

«*Giusto il tempo di una dormita per riprendere le forze!*» ripeté Asta, imitando per incanto la voce dell'amico.

Risero tutti, Deku compreso. Dopodiché l'apprendista mago schioccò le dita e dai cristalli sui suoi guanti eruppe uno sciame di scintille. Luci presero a vorticare attorno a loro, brillando di rosso, di verde, d'azzurro... e d'un tratto si materializzò una tenda di tela grezza, perfettamente fissata al suolo, la punta tesa sopra le loro teste.

«Bello!» esclamò Tonno, sdraiandosi senza nemmeno togliere l'armatura. «Mi ricorda i campeggi con papà!»

Gli altri lo fissarono e il cavaliere si portò le dita alle labbra, stupito delle sue stesse parole.

«Io...»

«Tranquillo, sta capitando a tutti noi» lo rassicurò Franpesca. «Abbiamo la testa piena di parole e ricordi che non sono i nostri».

«Risolveremo tutto» disse Pingu. «Ormai siamo a un passo dal Regno delle Ombre. Appena troveremo il mago di corte, metteremo fine a tutta questa faccenda!»

Tonno annuì, e anche Asta e Deku. Franpesca invece si limitò a mordersi il labbro.

Senza aggiungere una parola, i cinque amici si sistemarono alla meglio sul prato e chiusero gli occhi, lasciandosi cullare dal fruscio dell'erba smossa del vento.

Sniff.

«È qui!»

Sniff. Sniff.

«Sì, è qui dentro».

«Che vi dicevo? Il mio fiuto non sbaglia mai!»

«Ma ora che si fa? Credo stia dormendo».

«E non è da solo...»

Pingu spalancò gli occhi e in un attimo si drizzò a sedere, allungando una mano in cerca del bastone da combattimento.

C'era qualcuno fuori dalla tenda!

«Avete sentito anche voi?» sussurrò agli altri.

Deku e Tonno alzarono la testa.

«Sarà qualche animale» sbadigliò il cavaliere.

«Gli animali non parlano!» esclamò Pingu.

Gli altri due lo guardarono straniti, gli occhi impastati dal sonno.

«Perché? Chi ha parlato?» disse Deku.

«Ci ha sentito!» fece una delle voci oltre la tenda.

Pingu serrò le dita attorno al suo bastone e scattò in piedi, pronto a dar battaglia.

Appena mise la testa fuori, però, rimase a bocca aperta.

Aveva ragione Tonno, in un certo senso. Erano animali. Solo che erano...

Draghi!

Rossi come il fuoco, con scaglie lucide simili a vetro dipinto. Artigli neri, corna ricurve sopra la testa, possenti ali membranose sulla schiena...

Draghi!

Le quattro creature che circondavano la tenda fecero un passo indietro e chinarono il muso allungato in segno di saluto, gli occhi gialli fissi su Pingu.

Il ragazzino abbassò l'arma, ricordando bene il suo ultimo incontro con un drago. Anche se questi erano di certo più giovani. Quell'altro che aveva conosciuto aveva addirittura dei cuccioli...

Quattro cuccioli, ora che ci pensava.

A Pingu sorse un sospetto.

«Voi per caso siete...?»

Il drago più vicino annuì. «Ebbene sì» rispose. «Nostra madre ci ha raccontato dell'addestratore che si è intrufolato nel nostro nido».

«E noi ricordavamo il tuo odore» aggiunse un secondo drago.

«*Io* ricordavo il suo odore!» puntualizzò il terzo, più esile e minuto rispetto agli altri.

Il quarto, il più imponente, si fece avanti e annusò Pingu da capo a piedi. «Un vero addestratore di creature!» gorgogliò entusiasta.

Nel frattempo alle spalle del ragazzino erano apparsi Deku, Tonno e Franpesca, mentre dalla tenda si sentiva ancora il russare di Asta.

«Che succede?» chiese cauta la principessa.

Pingu si voltò verso di loro. «Ricordate il drago che ci ha aiutato l'ultima volta? Quello grazie al quale ho scoperto di poter comunicare con le creature magiche? Be', loro sono...»

«I cuccioli che erano nel nido!» lo anticipò Deku. «Ma certo! I draghi crescono più in fretta degli esseri umani!»

A quelle parole, una delle creature spalancò le ali e ingrossò il petto, sbuffando spirali di fumo dalle narici.

«Non metterti in mostra, Carminio» lo rimproverò il fratello. «Sei un drago, non uno sciocco pavone!» Poi si rivolse ai ragazzini. «Scusatelo, a volte si lascia prendere la zampa. Io sono Scarlatto, mentre lui è Corallo» aggiunse con un cenno al drago più grosso.

«Io invece sono Porpora» si presentò l'ultima, piegandosi in una sorta d'inchino.

Deku, Tonno e Franpesca rimasero in silenzio e guardarono Pingu, in attesa.

«Ah, giusto!» esclamò lui, dandosi una manata in fronte. «Voi non riuscite a capirli... allora, si chiamano Carminio, Scarlatto, Corallo e Porpora» ripeté, indicandoli uno alla volta col dito.

«Ma che ci fanno in questo regno?» chiese il cavaliere.

«Noi draghi non siamo schiavi dei legacci della vostra magia, umano in armatura» sibilò Carminio. «Possiamo volare in tutto il reame, come e quando ci aggrada».

«Quindi potreste portarci nel Regno delle Ombre?» chiese Pingu.

Porpora scosse il muso appuntito. «Noi riusciremmo a passare, ma l'incantesimo dei confini tratterrebbe tutti voi».

«Forse sappiamo chi può aiutarvi in questo regno, però» s'intromise Corallo, saltellando felice sul posto.

Gli occhi dorati del drago brillarono come torce nella sera e qualcosa di simile a un sorriso si allargò sotto il suo naso squamoso.

«Possiamo condurvi al cospetto della Regina delle Arpie!»

CAPITOLO 15

ALI DI DRAGO E ALI D'UCCELLO

Pingu si appiattì sul dorso di Scarlatto, mentre il drago prendeva quota con un possente battito d'ali. L'aria fresca gli solleticava la faccia, scompigliandogli i capelli.

Dopo un po' il ragazzino prese coraggio e raddrizzò la schiena, spalancando le braccia.

Era una sensazione stupenda!

«YU-HUUU!»

Poi si voltò per accertarsi che gli altri li stessero seguendo.

Deku era poco distante, in groppa a Carminio, che però non sembrava affatto contento di essere cavalcato da un umano. Leggermente più in basso c'era Franpesca, adagiata su Porpora con entrambe le gambe da un solo lato, come una principessa amazzone. Chiudevano il gruppo Tonno e Asta, costretti a spartirsi Corallo.

«Perché non posso avere un drago tutto mio?» echeggiò fra le nubi la voce del buffone.

«Perché ti sei svegliato due minuti fa!» lo rimbeccò Tonno. «Ringrazia piuttosto che non ti abbiamo lasciato a terra!»

Un sonoro sbuffo di Asta mise fine alla discussione mentre i quattro draghi fratelli sfrecciavano fra gli isolotti galleggianti del Regno Sospeso.

Pingu non sapeva cosa guardare: a destra c'era una montagna innevata, a sinistra un fiume che si riversava nel cielo, laggiù una valle zeppa di papaveri rossi... e tutto fluttuava sopra un mare infinito di soffici nuvole bianche!

Alla fine, però, gli occhi del ragazzino tornavano sempre lì.

All'orizzonte.

Al Regno delle Ombre.

«Ti aspetta una dura battaglia, addestratore» lo avvertì Scarlatto.

«Dici che le arpie ci daranno filo da torcere?» chiese lui.

Il drago ridacchiò con un suono simile allo scoppiettio della brace sotto al fuoco.

«Non stavo parlando delle arpie».

Pingu strinse la presa sulle scaglie della creatura, lo sguardo ancora fisso sull'oscurità che li attendeva.

«Tu sai cosa dovremo affrontare, una volta raggiunto il Regno delle Ombre?»

A quell'altitudine il vento fischiava più forte, ma non abbastanza da coprire la voce del drago.

«La domanda non è cosa» rispose la creatura. «La domanda è *chi*».

«Dimmelo!» insistette il ragazzino.

Prima che Scarlatto potesse rispondere, una folata improvvisa lo fece inclinare. La creatura batté le ali ed evitò un turbine di sabbia dorata, mentre Pingu gli avvolgeva le braccia al collo per non cadere di sotto. L'attimo dopo una saetta oscura serpeggiò sotto di loro, seguita da una corrente d'aria gelida e poi da una ventata di caldo appiccicoso.

«I regni continuano a mischiarsi!» urlò Deku. «Dobbiamo fare in fretta!»

I quattro draghi si riallinearono e continuarono il volo, l'uno accanto all'altro.

«Il tuo amico ha ragione» disse Scarlatto. «Occorre sbrigarci, se vogliamo che i vostri sforzi non siano vani». Allungò la testa e il collo, fendendo meglio l'aria per prendere velocità. «Non perdere tempo a chiederti che cosa ti attende, addestratore. Il futuro, come il passato, è un'illusione. Esiste solo il presente. Qui e adesso».

Il ragazzino annuì controvoglia. «Un passo alla volta» disse, più a se stesso che al drago. «Intanto troviamo la Regina delle Arpie».

Continuarono a volare finché, dietro a un banco

di nubi, non comparve un grande anfiteatro di pietra sospeso nel cielo.

«Qui e adesso» gorgogliò di nuovo il drago.

Le quattro creature atterrarono al centro esatto dell'arena, piegandosi sulle zampe per far scendere i loro passeggeri.

«Noi non possiamo restare» si scusò Porpora.

Corallo annuì. «Tra draghi e arpie non corre buon sangue».

«Perché ci temono» sibilò Carminio.

«Sia come sia, dobbiamo andare» tagliò corto Scarlatto. Poi puntò gli enormi occhi gialli su Pingu. «Buon destino, addestratore!»

Un istante dopo spiccarono il volo.

«Ma dove vanno?» chiese Tonno, che, come gli altri tre, aveva sentito solo ringhi e grugniti.

«A quanto pare alle arpie non piacciono i draghi» spiegò Pingu con un'alzata di spalle.

Prima che i suoi amici potessero domandare altro, un grido d'uccello fece scattare in su i loro nasi e decine di giganteschi rapaci volarono nell'arena, prendendo posto sotto gli archi di pietra.

I cinque ragazzini si strinsero l'uno all'altro fin quando tutti gli uccelli non si furono posati.

Fu allora che un ultimo rapace, il più grande di tutti, dal piumaggio viola come il cielo, planò di fronte a loro: i suoi occhi erano lucidi come biglie, nerissimi, e tra le piume del petto sfoggiava una gemma simile a quelle incastonate nei guanti di Deku. Gli artigli delle zampe, invece, somigliavano a falci e sembravano altrettanto affilati...

Asta deglutì. «Dite che è la regina?»

L'uccello inclinò la testa di lato.

Pingu fece un passo indietro.

«Non avevi detto che le arpie erano solo *mezze* uccello!?» chiese a Deku con l'angolo della bocca.

«Nei miei libri c'è scritto così» ribatté l'apprendista mago. «Metà uccello e metà donna...»

A quelle parole, il cristallo magico sul petto della regina emanò un bagliore accecante e ogni singolo uccello dell'arena si tramutò in una donna dai lunghi capelli e dalle vesti svolazzanti.

«Ecco!» esclamò Deku. «Proprio come dicevano i libri!»

Franpesca lo guardò storto.

«Be', più o meno...»

La regina-uccello, che adesso aveva le sembianze di una donna bellissima, proruppe in una risata.

«Voi maghi avete sempre riposto troppa fede nei libri» disse scuotendo appena i capelli violetti, lucidi come il suo piumaggio. «Io sono Melya, Regina delle Arpie, e chiunque si presenti al mio cospetto per ricevere aiuto deve prima dimostrarmi il suo valore sconfiggendomi in una gara di magia».

«E se perdiamo, che succede?» domandò Asta.

Gli occhi della donna si strinsero in due fessure, rapaci e selvaggi.

«Verrete gettati oltre le finestre della sacra arena, nel mare di nubi» rispose.

Il buffone sospirò. «Perché continuo a chiederlo?» mormorò alzando gli occhi al cielo.

Intanto Deku si era già fatto avanti.

«Se è una sfida magica che cerchi...» Sollevò i guanti, come un pugile pronto a colpire. «Fatti sotto! Ci sono delle regole precise o...?»

Non ce n'erano!

L'arpia puntò un dito affusolato e dal nulla evocò un roditore coi denti appuntiti, più grosso di un cane, più spaventoso di un lupo...

«State indietro!» intimò l'apprendista mago ai suoi amici. Con uno schiocco di dita fece apparire un leone dalla criniera infuocata, che atterrò agile di fronte al topo mostruoso.

La Regina delle Arpie sgranò gli occhi dalla sorpresa, ma durò appena un istante: puntò di nuovo il dito e il roditore fu avvolto da un bagliore azzurro. In un batter di ciglia divenne un maestoso orso bianco, con una corazza ricoperta di spuntoni...

La bestia magica ruggì mentre le arpie, seppur in forma umana, strepitavano come uccelli per incitare la loro sovrana.

«Forza, Deku!» gridò allora Franpesca.

Pingu mise le mani a coppa attorno alla bocca: «Puoi farcela, amico!»

«Falle vedere!» urlò Tonno.

«Distruggila!» rincarò Asta.

L'apprendista mago stavolta batté le mani e una lingua di fuoco incantato avvolse il leone, che crebbe, crebbe e crebbe ancora, trasformandosi in un mastodontico elefante dalle zanne ricurve, pronto a travolgere ogni cosa sul suo cammino.

La Regina delle Arpie lanciò un verso tanto acuto da costringere i ragazzini a tapparsi le orecchie, dopodiché allungò entrambe le mani verso il suo orso bianco, che con uno scintillio mutò in un rinoceronte a due teste, entrambe dotate di corni affilati come spade.

A quel punto...

«DEKU!»

Pingu fece per raggiungere l'amico, ma Franpesca lo trattenne.

Non c'era nulla di cui preoccuparsi: la principessa aveva intuito cosa stava per accadere.

Era ora!

I guanti dell'apprendista mago si accesero di luce bianca, poi gli guizzarono via dalle mani e volteggiarono sopra la sua testa, fondendosi in un'unica, magica linea di luce che si allungò fino a toccare il pavimento di pietra.

Deku sorrise.

Tese la mano.

E finalmente strinse le dita attorno al suo bastone da mago.

CAPITOLO 16

Il Regno delle Ombre

Il corpo di Deku ebbe un sussulto, come attraversato da una scossa elettrica.

«Che gli succede!?» esclamò Pingu.

«Deku!» gridò Franpesca. «Stai bene?»

Il ragazzino non rispose. Gettò la testa all'indietro, mentre il cristallo incastonato sulla punta del suo nuovo bastone pulsava d'energia. Poi le sue braccia si allungarono e così il resto del corpo. Pelle e stoffa divennero scaglie lucide come metallo.

Gli altri quattro fecero un passo indietro mentre, dove un attimo prima c'era Deku, alzava la testa un possente dragone verde dalle corna dorate.

La Regina delle Arpie tentò di puntare il suo dito incantatore, ma il Deku-drago fu più svelto: gonfiò al massimo le guance e soffiò un fiotto d'aria gelida che cristallizzò ogni cosa, congelando sia la donna-uccello sia lo spaventoso rinoceronte a due teste, mentre le altre arpie fuggivano in ogni direzione.

«Wow!» si lasciò sfuggire Asta, tastando col piede il ghiaccio arrivato ad appena un palmo da lui.

«Magico!» grugnì il dragone in risposta. Dopodiché si sgonfiò come un palloncino, ritornando a essere un ragazzino dai capelli verdi.

«Be'» disse Deku, sfoggiando un gran sorriso, «direi che ho vinto io!»

A conferma di ciò, un puntino luminoso discese dal cielo e svolazzò dritto sul palmo aperto della sua mano.

La pedina a forma di pipistrello era sua!

«Bel bastone» si complimentò Tonno, avvicinandosi.

Deku sollevò sopra la testa la nuova gemma magica, vibrante di luce dorata. «Capite cosa vuol dire?» disse felice. «Che non sono più un apprendista! Adesso sono un vero ma...»

Accadde nel tempo di un respiro, proprio come per il mago di corte e Gufo-che-vola.

Ma stavolta Pingu era pronto!

Quando il vortice oscuro si allargò alle spalle di Deku, l'amico lo afferrò per la tunica con entrambe le mani. Lo stesso fece Franpesca, e Tonno afferrò lei per le spalle, mentre Asta acchiappava l'elmo del cavaliere.

Gli stessi artigli di pietra che avevano portato via gli altri due maghi si avvinghiarono a Deku, spuntando dalle tenebre dietro di lui.

«Trascinerà via anche voi!» li avvertì il giovane mago. «Lasciatemi!»

«Col cavolo!» rispose Pingu a denti stretti.

Il turbine nero si allargò ancora e il mostro di pietra apparve in tutto il suo orrore: un gargoyle con corna di capra, muso da cinghiale e ali di pipistrello.

La creatura ringhiò, altri artigli di pietra affiorarono dalle ombre afferrando il mantello di Deku, la tunica, il bastone...

«NON MOLLATE!» gridò Pingu.

L'attimo dopo i cinque ragazzini furono sollevati di peso e risucchiati nel Regno delle Ombre.

Tutto divenne nero e ogni suono fu sovrastato dalle urla di Pingu e degli altri.

Quando il mondo riprese colore, il ragazzino sentì le sue dita scivolare dalla tunica dell'amico.

«NO!»

Con uno strattone deciso gli orridi gargoyle volarono più in alto, scrollandosi di dosso tutti tranne il nuovo mago, che ancora si dimenava tra le loro grinfie.

«DEKU!» gridò Pingu, atterrando in piedi.

Prese a correre sulla scia delle creature, ma subito un luccichio sferragliante lo superò da destra. Il ragazzino impiegò qualche secondo a capire che si trattava di Tonno.

Anzi, no...

Erano due Tonno. Aveva usato ancora lo scudo gemini!

Entrambi i cavalieri correvano a più non posso, le spade sguainate sopra la testa, cercando di colpire i mostri di pietra.

Franpesca, rimasta indietro, scoccò una freccia incantata dalla batti-balestra e di colpo si ritrovò in capo al gruppo.

«Prendete questo!» urlò Asta, scagliando le sue sfere da giocoliere. Ma nessuna di loro andò a segno.

Pingu corse ancora, facendo allungare magicamente il suo bastone.

Ma era troppo lontano!

E troppo in basso!

Si fermò, boccheggiante, entrambe le mani poggiate sulle ginocchia per non cadere al suolo, il bastone perso chissà dove...

Era troppo tardi.

In un cielo grigio come il ferro bagnato, le sagome di tre gargoyle alati stavano portando via il suo amico.

Solo allora il ragazzino si rese conto che non si trovava più nel Regno Sospeso, ma nel cuore di una foresta di alberi neri, contorti e senza foglie. La terra era grigia come cenere mentre l'aria aveva l'odore di acqua stagnante.

«Be', il piano era comunque di arrivare nel Regno delle Ombre» ansimò Asta, posando una mano sulla spalla di Pingu.

«NON COSÌ!» ruggì lui, scostandolo in un impeto di rabbia.

Franpesca gli si parò davanti con le mani sui fianchi. «Non è il momento di perdere la testa».

«Ma Deku...»

«È appena stato rapito» annuì la principessa. «E stare qui a gridarci addosso non lo aiuterà di certo». Recuperò il bastone da combattimento sfuggito a Pingu e glielo passò. «Abbiamo ancora le nostre armi incantate. Possiamo salvarlo. Lui e il reame».

I due Tonno si avvicinarono, tornando a fondersi in uno solo. «Lo hanno portato lassù» disse, puntando la spada.

I quattro amici si voltarono in direzione della torre diroccata che si ergeva fra gli alberi. Sopra di essa, il cielo era un gorgo oscuro di nubi e saette.

«I fulmini» mormorò Pingu. «Guardateli!»

Ne lampeggiò un altro. E un altro ancora.

I quattro amici spalancarono la bocca dallo stupore.

Non cadevano dal cielo sulla torre... Al contrario: partivano dalla torre e sparivano nel turbine tempestoso!

«Sono gli stessi fulmini neri che attraversano i regni» disse Franpesca. «Qualunque cosa li generi, si trova in cima alla torre».

«E adesso ha preso il nostro amico» aggiunse Pingu, torcendo le mani attorno al suo bastone.

Accanto a lui, la principessa ricaricò la balestra, il cavaliere sollevò lo scudo e il buffone si raddrizzò il cappello a sonagli.

«Andiamo a salvarlo!»

Avanzarono in silenzio fra gli alberi senza foglie di quell'inquietante foresta morta. L'eco dei tuoni che squassavano il cielo era l'unico rumore che risuonava nel buio. Per il resto, non c'era il ronzio di alcun insetto né il fruscio di un filo d'erba. Tutto, nel Regno delle Ombre, appariva senza vita, come pietrificato.

Quando giunsero ai piedi della torre, i quattro

ragazzini si resero conto che era spezzata. Una volta doveva essere stata molto, molto più alta...

«Che cosa c'è scritto?» chiese Asta, avvicinandosi tanto da sfiorare col naso il portone che sbarrava l'ingresso.

Anche gli altri si fecero avanti.

«Mmm... non ci voleva» mugugnò Franpesca.

Tonno le lanciò un'occhiata obliqua. «Che c'è, Pesca?»

«È scritto nell'antica lingua» spiegò lei. «Ma non è questo il punto. Io so leggerla. Tutte le principesse la imparano fin da bambine...»

«E qual è il problema, allora?» sbottò Pingu.

Franpesca si mordicchiò il labbro. «La scritta dice che siamo di fronte alla torre della 'prima maga'. Colei che ha dato inizio a tutto...»

L'ennesimo tuono rotolò sopra le loro teste e la principessa parlò più forte.

«Ricordate il racconto del mago di corte? Sulla maga il cui nome fu cancellato da ogni libro come punizione per aver portato la magia bandita nel reame?»

I ragazzini annuirono.

«Ecco il problema» disse Franpesca con un'alzata di spalle. «Per aprirsi, la porta ci chiede di pronunciare quel nome».

Stavolta fu un lampo ad accompagnare le sue parole, illuminando i volti scoraggiati dei suoi amici.

Tutti tranne uno.

«Io lo so, quel nome» rifletté Pingu.

Gli altri si voltarono a fissarlo.

«E come accidenti è possibile!?» tintinnò Asta, scuotendo la testa.

Pingu sorrise. «Perché sono un addestratore di creature!» Si piazzò davanti alla porta color inchiostro e alla sua iscrizione misteriosa. «Ho sentito i gargoyle parlare fra loro, mentre afferravano Deku. Continuavano a dire che dovevano portarlo da lei».

«Da lei *chi*?» chiese Franpesca.

Il ragazzino prese un bel respiro, ripescando il nome nella sua mente...

«Lady Morrygan» pronunciò sicuro.

Con un cigolio, il portone della torre spezzata si spalancò.

CAPITOLO 17

LADY MORRYGAN

Sulla cima della torre non c'era nessuno.

Ma c'era qualcosa: un cristallo nero fluttuante, con una punta rivolta in basso, a un palmo dal pavimento, e l'altra rivolta verso l'alto, dritta nel cuore della tempesta che sovrastava Pingu e i suoi amici.

Il ragazzino avanzò con cautela, seguito dagli altri tre. Nei loro occhi brillava il riflesso corvino della luce dentro il cristallo, che pulsava come il più malvagio dei cuori.

Tu-tump.

Tu-tump.

Poi i quattro amici notarono le sagome accasciate ai margini della torre. Un vecchio con un elmo cornuto, un'anziana donna con una tunica dorata, un selvaggio dal copricapo piumato...

«Gufo-che-vola!» sussurrò Franpesca.

Ma Pingu stava già guardando oltre...

«Il mago di corte!» esclamò, scattando in avanti.

Tonno lo trattenne.

«Non può essere così facile» gli disse il cavaliere. «Dov'è Deku? Dove sono quei maledetti gargoyle?»

Pingu annuì, senza distogliere lo sguardo dal mago. «È una trappola».

Asta, dietro di loro, tremò di paura.

D'improvviso lo sfavillio del cristallo nero si fece più intenso e la gemma scagliò una delle sue folgori nelle profondità della notte.

«Non so come abbiate fatto a penetrare nella mia fortezza» disse una voce morbida e tagliente al tempo stesso.

I ragazzini sollevarono le armi, stringendosi schiena contro schiena.

«Ma, onestamente, la cosa non m'importa».

Lady Morrygan apparve nell'intervallo fra il bagliore di un lampo e il fragore del tuono che lo seguì. Deku era ai suoi piedi, in catene.

«P-pingu...» balbettò il ragazzino, gli occhi aperti a fatica. «Non è d-da sola. C'è anche...»

Un filamento d'ombra si allungò dal suo petto

e raggiunse il cristallo al centro della torre. Poco dopo, la testa del giovane mago ricadde pesantemente sul petto.

Tu-tump.

«Che cosa gli hai fatto?» gridò Franpesca, spostando il dito sul grilletto della fidata balestra.

La maga le rivolse un sorriso da serpente che mise in risalto le sue rughe appena accennate e gli zigomi appuntiti. Due sole ciocche bianche striavano i suoi capelli neri.

«Io non ho fatto alcunché» disse in tono innocente, mostrando i palmi delle mani ossute. «Almeno per il momento» aggiunse, incurvando ancor di più le labbra scure.

Dopodiché mosse le dita in modo quasi impercettibile e Pingu sentì delle funi invisibili stringergli il corpo.

Provò a muovere le braccia, a fare un passo avanti...

Tutto inutile!

Con la coda dell'occhio vide che anche Franpesca, Tonno e Asta si erano irrigiditi.

«È per il vostro bene» li rassicurò Lady Morrygan. «Dopotutto, non vorrei essere costretta a farvi del male».

«Insomma, che vuoi da noi?» ringhiò Pingu.

La donna scoppiò a ridere.

«*Da voi?*» esclamò. «Assolutamente nulla! Ho già tutto quello che mi serve». Allungò una mano ad accarezzare il filamento magico che univa Deku e il cristallo corvino. «L'energia vitale di un ultimo mago».

Pingu si voltò verso gli anziani incatenati sulla torre.

Ecco che cosa gli era capitato...

Erano stati letteralmente prosciugati!

«Manca poco» mormorò Lady Morrygan, illuminandosi come un bambino in attesa del suo regalo. «E finalmente avrò il potere di riprendermi ciò che mi spetta di diritto. Ciò che il Consiglio dei Maghi mi ha impunemente tolto...»

Fiamme nere balenarono fra le sue dita affilate e il cielo crepitò della sua stessa rabbia.

«Quindi sei davvero tu!» disse Pingu. «La maga di cui ci ha parlato il mago di corte. Quella che ha rischiato di distruggere il reame con la sua magia corrotta...»

«Ma è successo tantissimo tempo fa!» s'intromise Asta. «Se fosse lei dovrebbe essere, be'... *vecchia*».

Lady Morrygan scivolò con grazia verso il buffone, un guizzo divertito negli occhi violetti. Gli accarezzò il mento con l'indice e per un attimo le rughe sul suo volto apparvero più profonde, le occhiaie più marcate, le guance più molli...

Ma l'istante dopo era di nuovo un'affascinante donna senza età.

«La mia magia può fare molte e molte cose, giovanotto» disse. «Pagando il giusto prezzo» aggiunse con un cenno alla foresta senza vita che circondava la torre.

Tu-tump.

Tu-tump.

TU-TUMP.

Infine accadde: il cristallo corvino palpitò un'ultima volta e spezzò il legame con Deku.

Il giovane mago piombò al suolo, pallido come una statua di gesso, mentre la gemma incantata perdeva i suoi contorni, diventando un frammento di pura tenebra.

Lady Morrygan rise come non rideva da centinaia di anni.

«IL MOMENTO È GIUNTO!» gridò alla tempesta.

Intermezzo

L'uomo annuì sotto il cappuccio.

Tutto stava andando secondo i piani.

Secondo i *suoi* piani.

L'apprendista era divenuto mago, gli altri quattro lo avevano seguito nel Regno delle Ombre, Lady Morrygan li aveva bloccati in cima alla torre... E adesso eccoli lì, esattamente dove lui li aveva visti nelle sue premonizioni.

Soprattutto il ragazzo pinguino.

L'eroe. Così impavido e così valoroso.

L'uomo incappucciato scosse la testa al pensiero che, un tempo, era stato tanto simile a lui...

Ma non era il momento giusto per lasciarsi distrarre dai ricordi. Il destino, ancora una volta, richiedeva il suo intervento per compiersi.

L'uomo si strinse nel mantello e avanzò di un passo, facendo la sua magica comparsa in cima alla torre spezzata.

Tutte le teste si voltarono verso di lui.

CAPITOLO 18

LORD PENNGWEN

«TU!» urlò Pingu, dimenandosi inutilmente nella morsa delle corde invisibili.

«Io» rispose calmo lo stregone.

I due si fissarono senza aggiungere altro e per Pingu fu come essere di nuovo nella radura dove aveva incontrato Lord Penngwen per la prima volta. Ricordava perfettamente l'odore della foresta, il chiarore dell'eclissi, il dolore bruciante dei suoi polmoni dopo la corsa... Poi l'altro aveva mostrato la sua faccia e la vita di Pingu era cambiata per sempre.

Lord Penngwen lo fece di nuovo: alzò lentamente le mani e tirò indietro il cappuccio. Solo che stavolta non erano da soli...

Franpesca trattenne il fiato.

Tonno, a un passo da lei, lasciò cadere la mandibola dalla sorpresa.

Asta strabuzzò gli occhi.

«Ci vedo male io» disse il buffone, «o si somigliano?»

Perfino Lady Morrygan appariva confusa. «Lord Penngwen, io non comprendo. Cosa sta...?»

Ma lo stregone non le prestò attenzione. Il suo sguardo era fisso su Pingu.

«Quindi non lo hai detto a nessuno di loro» disse. «Un amico leale come te non ha rivelato ai suoi compagni d'avventura la mia vera identità?»

Un sorriso cattivo si allargò sul suo volto, così simile a quello del ragazzino. Pingu serrò i pugni lungo i fianchi, tanto da conficcarsi le unghie nella carne.

«Loro non sanno ciò che ti ho rivelato sul tuo futuro» continuò implacabile Lord Penngwen. «Nemmeno una parola sul tuo destino?»

«Pingu, di cosa sta parlando?» chiese Franpesca.

Tonno, invece, si limitò a fissarlo.

«Si somigliano *parecchio*» insistette Asta.

Un lampo rischiarò la notte, illuminando i due volti, uno di fronte all'altro. Era innegabile: lo stregone era identico a Pingu, soltanto più vecchio.

Il ragazzino deglutì e prese coraggio.

«Lui è me» disse alla fine, evitando di incrociare lo sguardo degli altri. «Il me del futuro».

Lo stregone batté le mani in un applauso di scherno.

«Finalmente!» esclamò. «Non è mai troppo tardi, per essere sinceri con i propri amici».

Asta sbuffò. «È tardi eccome, visto che il reame sta per essere distrutto da te e da quell'altra maga pazza!»

Stavolta Penngwen rise di gusto.

«Forse il buon Asta ha ragione» disse. «Mantenere un tale segreto non è stato molto corretto né molto saggio... che ne dici di farti perdonare?»

Lo stregone schioccò le dita e di colpo Pingu riuscì a muoversi. Dopodiché l'uomo gli lanciò il bastone da combattimento.

Il ragazzino lo afferrò al volo.

«Lord Penngwen!» sibilò Lady Morrygan. «Che cosa stai facendo?»

Lui la guardò come fosse un insetto.

«Faccio sì che il destino si compia» rispose.

E con quelle parole si librò nell'aria, sprigionando dalle mani una lingua di fuoco smeraldino che circondò la maga oscura.

«Dipende solo da te, Pingu» disse poi, la voce amplificata per incanto. «Tocca il cristallo corvino. Assorbine il potere. Salva i tuoi amici».

Lady Morrygan gridò qualcosa al di là delle fiamme che la imprigionavano, ma la magia di Lord Penngwen resistette alla sua.

Pingu, intanto, era a un solo passo dal cristallo.

Poteva sentirne il richiamo in un angolo della sua mente, come accadeva per le voci delle creature. Ma quella voce era diversa, fatta di ringhi e graffi e urla...

«È malvagio» mormorò fra sé il ragazzino.

«È potente» ribatté il suo io del futuro, sospeso sopra la torre.

Pingu restò immobile.

«È questo che vuoi» capì. «Che io assimili la magia oscura e passi al male come hai fatto tu».

Il vento fischiò più forte e le nubi vorticarono più veloci mentre una delle folgori di Lady Morrygan riusciva ad attraversare le fiamme incantate.

Il ragazzino la scansò con una capriola e si rimise in piedi accanto a Tonno.

«Non cedere!» gli disse il cavaliere.

Lord Penngwen scosse la testa dall'alto.

«Abbiamo già fatto questo discorso una volta». Si

aggiustò gli occhiali, identici a quelli di Pingu. «Diverrai me. Che tu lo voglia o no. È il tuo destino».

«MAI!» urlò il ragazzino.

«E allora soccomberai stanotte, assieme ai tuoi amici. Ti sembra la scelta più saggia, *eroe*?»

Un nuovo tuono sembrò spaccare il cielo in due e uno degli incantesimi di Lady Morrygan sfrecciò accanto a Franpesca, mancandola per un soffio. La principessa strillò mentre una linea rossa di sangue le si disegnava sulla guancia.

Le nocche di Pingu si strinsero sul bastone.

Non poteva permettere che i suoi amici si facessero del male!

Ma assorbire l'energia del cristallo forse significava diventare malvagio per sempre...

Era davvero quello il suo destino?

Per un secondo rimase immobile, quasi fosse di nuovo bloccato dalla magia. Guardò Penngwen, una sagoma svolazzante stagliata contro il cielo scuro, poi i suoi amici, terrorizzati ma sempre al suo fianco. Il suo futuro e il suo passato.

Fu allora che gli tornò in mente una voce calda e cavernosa.

Chiuse gli occhi.

Cosa aveva detto il drago Scarlatto?

‘Il futuro, come il passato, è un’illusione. Esiste solo il presente. Qui e adesso’.

Pingu riaprì gli occhi.

Nel presente, qui e adesso, Tonno, Asta e Franpesca avevano bisogno di lui: si girò verso il cristallo corvino e, finalmente, lo toccò.

Ma non con le dita.

Lo sfiorò con la sola punta del bastone.

E l’arma tremò, divenendo di colpo più scura. Una lama ricurva si allungò sulla punta, lucida come l’acqua... Ora Pingu impugnava una falce.

«La Falce del Destino!» esclamò dall'alto Lord Penngwen.

Ma a Pingu non importava più quello che lo stregone aveva da dire, perché in cuor suo sapeva che non sarebbe mai diventato malvagio.

Adesso c'era altro a cui pensare!

Caricò il colpo e tagliò l'aria con un fendente. La linea di luce tracciata dalla lama spazzò via le fiamme incantate di Lord Penngwen, mandò in frantumi le catene che imprigionavano i maghi dei regni e, per ultimo, investì in pieno Lady Morrygan.

La maga sbatté le palpebre, bloccandosi per un istante. Poi socchiuse gli occhi violetti in una smorfia di puro odio e tese una mano davanti a sé.

Pingu trattenne il fiato.

Eppure l'aveva colpita!

E infatti bastò un alito di vento, l'ultimo prima che la tempesta si placasse, e la signora del Regno delle Ombre si sgretolò in un mucchietto di polvere.

Solo a quel punto Pingu abbassò l'arma e si concesse un lungo sospiro di sollievo.

Dopodiché un bagliore proveniente dalla sua

sacca catturò l'attenzione del ragazzino. Ne allargò i legacci e tirò fuori per l'ultima volta la Mappa del Destino. Accanto a una fessura a forma di corona, la scritta recitava:

A chi sconfiggerà le ombre,
io mostro il cammino.

CAPITOLO 19

TORNARE A CASA

La pedina-corona luccicò nel palmo di Pingu.

«Ben fatto» disse Lord Penngwen.

Il ragazzino alzò il capo e incrociò lo sguardo del suo io futuro. Ancora una volta capì che, qualunque cosa fosse successa, i suoi occhi non sarebbero mai diventati freddi come quelli dello stregone.

Fece per sollevare di nuovo la sua falce, ma Lord Penngwen fu più veloce: si avvolse nel mantello nero e svanì a poco a poco, lasciandosi dietro soltanto la sua voce.

«Non è ancora il momento per il nostro scontro» disse con una leggera eco. «Ma ci rivedremo molto presto...» un fascio di luce irruppe nel cielo scuro «... *eroe*».

Il canto di un uccello risuonò oltre i contorni

spezzati della torre e qualcosa che sembrava dimenticato accadde nel Regno delle Ombre.

Pingu spalancò gli occhi. «Ma è...»

«... l'alba» completò Franpesca, affiancandolo.

Una sottile linea dorata si allungò all'orizzonte, colorando il cielo di rosa e arancio.

«Hai letteralmente sconfitto le ombre» disse la principessa. «Direi che te la sei proprio guadagnata, quella pedina».

«Quindi sono perdonato?» chiese Pingu.

Asta si unì a loro. «Per cosa? Per non averci detto che il nostro più grande nemico ha la tua stessa brutta faccia?»

«O per non averci confidato che il tuo destino è diventare uno stregone oscuro?» aggiunse Tonno.

Pingu li guardò uno per uno, imbarazzato.

«Sei perdonato» disse alla fine Deku, spuntando alle spalle del gruppo. «Ma solo perché mi hai salvato la vita» precisò con una linguaccia.

Scoppiarono tutti e cinque a ridere, finché il giovane mago non ricordò di avere ancora con sé la pedina a forma di pipistrello.

«Insieme?» disse, mostrandola a Pingu.

«Insieme» annuì l'amico.

Si chinarono sulla Mappa del Destino e incastrarono le pedine nelle rispettive fessure.

Clic.

Il battito di mille tamburi...

Una folata di vento gelido...

Il grido di un uccello...

Il sibilo della sabbia...

I ragazzini ruotarono la testa da una parte e dall'altra: le porte di tutti i regni che avevano visitato erano riapparse attorno a loro.

Poi sopraggiunse il rombo di un tuono, che fece apparire una porta interamente nera, e dopo ancora si sentì un cozzare di spade, che invece mostrò una porta d'argento con ricchi ornamenti in oro.

A quel punto un piccolo applauso fece voltare i cinque.

«Miei giovani amici, avete appena concluso il Gioco del Destino» disse con un sorriso il mago di corte. Alle sue spalle, anche gli altri anziani si stavano risvegliando.

«Ero certo che sareste riusciti nell'impresa» continuò il vecchio. «Siete sempre stati i prescelti!»

Pingu raccolse la Mappa del Destino e fissò il

mago dritto negli occhi dorati. «C'è qualcosa che devi spiegarci».

«Già» gli fece eco Franpesca. «Riguardo al nostro passato».

«E ai nostri ricordi» aggiunse Deku.

Asta e Tonno annuirono con decisione.

Il mago di corte fece un lungo sospiro. «Avete ragione» ammise. Allungò le dita rugose verso la porta argentata. «Varchiamo l'ultima soglia e tutto vi sarà più chiaro».

«Gli altri maghi?» chiese il buffone.

Il vecchio accennò alle porte magiche. «Grazie a voi, appena riprenderanno le forze, potranno far ritorno ognuno a casa propria».

Fu così che i cinque amici e il mago di corte si lasciarono per sempre alle spalle il Regno delle Ombre e attraversarono la porta d'argento, pronti a tornarsene nel Regno Medievale.

E invece no.

«Che posto è?» chiese subito Tonno.

Per un istante Pingu pensò di essere tornato nel Regno Sospeso, ma poi si rese conto che la montagna sulla quale si trovavano non galleggiava nel cielo. Era solo molto, molto alta.

«Cavoli!»

«Wow!»

«Magico!»

Sotto il loro naso si estendeva l'intero reame. Potevano vedere tutto, dalla baia ghiacciata al deserto sabbioso. E la giungla. E il castello. Perfino la torre spezzata...

«Mago, dove ci troviamo?» chiese Franpesca.

Il vecchio avvicinò il bastone alla Mappa del Destino, ancora tra le mani di Pingu. Il centro del tabellone luccicò e una nuova scritta apparve, proprio lì dov'era raffigurato un monte in miniatura. Diceva:

Picco del Destino

«Avete superato tutte le sfide del gioco» disse il mago di corte, lisciandosi la barba. «Adesso siete di diritto i Guardiani del Destino».

Mosse una mano sopra la mappa e le pedine magiche schizzarono via dalle loro fessure, ognuna in una direzione diversa. Poi si fermarono a mezz'aria e con un lampo di luce si trasformarono nelle porte dei regni.

«D'ora in poi, da questo picco, potrete raggiungere ogni angolo del reame, ogni volta che lo vorrete» concluse il mago.

Pingu osservò con meraviglia le sei porte attorno a lui, ma il suo sguardo tornò presto a posarsi su quel volto rugoso che aveva ormai imparato a decifrare.

«C'è dell'altro» disse sicuro. «Non ci hai ancora raccontato tutta la storia».

Franpesca pestò un piede per terra.

«Insomma, qual è mai questo segreto sul nostro passato che non puoi rivelarci?»

Stavolta il mago di corte sorrise.

«Ora posso» annuì contento. E allungò il bastone verso la Mappa del Destino, facendo risplendere il cristallo magico sulla punta.

Il tabellone si ribaltò di scatto, mostrando un nuovo, sconosciuto continente con monti, fiumi e mari che Pingu e gli altri non avevano mai visto prima.

O forse sì?

C'era pure una penisola che assomigliava a uno stivale col tacco...

«Ecco il segreto che vi ho tenuto celato finora» disse il vecchio mago. «Esiste un Settimo Regno di cui pochissimi sono a conoscenza». Indicò la nuova mappa, dopodiché fissò il suo sguardo dorato sui cinque ragazzini. «Voi provenite da lì. Siete apparsi dal nulla pochi mesi fa, catapultati nel Regno Medievale da antichi manufatti magici, e pian piano avete perso memoria delle vostre vite passate».

Mentre il vecchio parlava, il cielo sopra di loro divenne un vortice di nuvole e luce. Come un portale verso un altro mondo.

Franpesca si mordicchiò il labbro mentre Asta scosse la testa in un tintinnio di campanelli.

Era davvero quella la verità?

«Quei ricordi bizzarri che ogni tanto galleggiano nelle vostre menti non sono sbagliati, né falsi» continuò il mago. «È la vostra vera vita. Quello che eravate prima di cominciare questa grande e fantastica avventura».

«Ma perché non dircelo prima?» sbottò Pingu a quel punto. «Perché tutto questo mistero?»

«Non volevo farvi soffrire inutilmente» spiegò l'anziano mago, scuotendo la lunga barba bianca. «La mia magia non poteva restituirvi i vostri ricordi». Poi i suoi occhi ebbero un guizzo. «Ma forse ora, qui, in questo mistico crocevia dove i regni s'intrecciano...»

Alzò il bastone sopra la testa e dal portale vorticante discesero cinque sfere luminescenti, che zigzagarono come farfalle indecise prima di posarsi sui ragazzini.

Pingu provò a dire qualcosa, ma non ci riuscì. La bocca aperta per metà, gli occhi spalancati. Avvertì un calore percorrere il suo corpo esausto, riempiendogli il petto.

E di colpo, ricordò!

Il profumo del sugo che preparava sua madre. La campanella della scuola. Lui assieme ai suoi cugini, Deku e Asta, a correre in bicicletta. Tonno con una cotta per Franpesca...

Il ragazzino scambiò un'occhiata con gli altri e capì che anche loro stavano provando la stessa sensazione. Ora tutto aveva senso. Ogni singolo ricordo era un pezzetto di puzzle andato a posto.

«A voi la scelta» concluse il mago di corte, riportandoli alla realtà.

Accennò col bastone alla porta argentea del Regno Medievale e poi al vortice di luce sopra di loro.

«Sappiate, però» aggiunse, «che il Settimo Regno è l'unico nel quale non esiste la magia. Se tornerete lì, è probabile che non potrete mai più lasciarlo».

A quelle parole, Pingu avvertì una morsa allo stomaco.

«Che facciamo?» domandò Asta.

Pingu chiuse gli occhi e respirò a fondo.

Ripensò al castello, che ormai era casa, ai pomeriggi passati ad allenarsi, alle spedizioni nella foresta, alle mille avventure che avrebbe ancora potuto vivere...

E poi pensò a casa sua, quella dov'era cresciuto, dove aveva ancora la cameretta coi poster e i videogiochi, e dove c'erano tutte le persone che gli volevano bene...

Scosse la testa.

Si girò verso i suoi amici, le mani sui fianchi e un sorriso stampato in faccia.

«Torniamo a casa» disse alla fine.

Epilogo

«Mh» fece Deku.

«Non si era detto di tornare a casa?» domandò Tonno.

«Appunto» ribatté Franpesca.

«Io pensavo che...» cominciò Asta.

Un rumore familiare fece voltare i cinque amici.

«A me va benissimo così!» sorrise Pingu.

Indice

Prologo	7
Squilli di tromba	9
L'altra stanza segreta	19
Il Gioco del Destino	27
Andiamo?	37
Il Regno dei Ghiacci	45
Knurt	55
Intermezzo	65
Il Regno Selvaggio	68
I collo-verde	76
La Corsa delle Tribù	85
In un battibaleno!	95
Il Regno delle Sabbie	104
Dardi e scorpioni	114
L'ultimo indovinello	124
Intermezzo	131
Il Regno Sospeso	133
Ali di drago e ali d'uccello	144
Il Regno delle Ombre	153

Lady Morrygan 162
Intermezzo 167
Lord Penngwen 169
Tornare a casa 177
Epilogo 187

LorenzIST

LE PIETRE DEL DESTINO

È un'incantevole mattina d'estate, con il cielo azzurro e l'aria frizzante, quella in cui Pingu e i suoi quattro migliori amici si riuniscono nel bosco per assistere all'eclissi. Mentre la luna oscura il sole, una strana luce li guida al centro della radura, rivelando tra l'erba alta cinque misteriose pietre dorate. Da dove provengono quei manufatti? E che cosa significano le curiose incisioni che li rivestono? Pingu e i suoi amici decidono di scoprirlo, ma, una volta raccolte le pietre, si ritrovano catapultati all'istante in un magico mondo medievale, popolato da maghi dalla lunga barba bianca, cavalieri senza paura e principesse da salvare. Per revocare il sortilegio e tornare a casa c'è un solo modo: recuperare tutte e cinque le pietre disperse nel regno e riaprire il varco spazio-temporale che li ha inghiottiti. Ma come nella più crudele delle fiabe, un nemico potente è in agguato e trama nell'ombra un piano per intrappolare per sempre Pingu e i suoi amici nel passato. Per sconfiggerlo e completare la loro missione i ragazzi potranno contare solo sui loro nuovi, straordinari poteri, oltre che sulla forza della loro amicizia.

MAGAZZINI SALANI

Questo libro è stampato col sole

Azienda carbon-free

Finito di stampare
nel mese di giugno 2022
per conto della Adriano Salani Editore s.u.r.l.
da Grafica Veneta S.p.A. di Trebaseleghe (PD)
Printed in Italy